www.tredition.de

AF197799

Über die Autorin:
Gabriela Lürßen, wurde in Hamburg geboren und wuchs in Hamburg und Schleswig-Holstein auf. Sie studierte Betriebswirtschaftslehre und Wirtschaftspsychologie und arbeitet als freiberufliche Beraterin und Dozentin. Sie lebt mit Mann und Katzen in Hamburg.

Gabriela Lürßen

MILIAN

Tierisch verkatert

www.tredition.de

© 2016 Gabriela Lürßen
2. überarbeitete und erweiterte Auflage 2016

Umschlaggestaltung: Gabriela Lürßen
Lektorat, Korrektorat: Ursula Wenke

Verlag: tredition GmbH, Hamburg
ISBN:
Paperback   978-3-7345-2531-5
Hardcover   978-3-7345-2532-2
e-Book   978-3-7345-3278-8
Printed in Germany

Das Werk, einschließlich seiner Teile, ist urheberrechtlich geschützt. Jede Verwertung ist ohne Zustimmung des Verlages und des Autors unzulässig. Dies gilt insbesondere für die elektronische oder sonstige Vervielfältigung, Übersetzung, Verbreitung und öffentliche Zugänglichmachung.

LIEBE TIERE,
DANKE, DASS IHR UNSER LEBEN
SO BEREICHERT!

1

Linda und Bjarne

Es war ein ganz normaler Wintertag im Dezember. Aber was hieß schon normal? War normal mit Schnee, glatten Straßen und spielenden Kindern? Oder waren mittlerweile fünfzehn Grad und Nieselregen normal? Na, war jetzt auch egal. Es ging ja nicht um die Auswirkungen des Klimawandels.

Linda und Bjarne hatten Mitte dieses Monats eine gemeinsame Wohnung bezogen. Die beiden kannten sich aber schon länger. Wie lange, das wussten sie auch nicht ganz genau. Wahrscheinlich schon fast ihr ganzes Leben. Sie waren in der gleichen Gegend dieser Stadt aufgewachsen. Möglicherweise hatten sie schon zusammen in derselben Sandkiste gesessen und gespielt. Aber das war einmal. Jahre später waren sie sich bei einer gemeinsamen Fortbildung begegnet oder eben wieder begegnet. Und wie das denn so gewesen war, hatten Linda und Bjarne ein wenig zusammen gelernt. Sie hatten sich dabei zunehmend gut verstanden und irgendwann dann auch verliebt. Es war nur eine Frage der Zeit gewesen, wann das Thema einer gemeinsamen Wohnung aufkommen würde.

Linda hatte nie so spießig leben wollen. So mit Mann und womöglich noch Kindern und dem obligatorischen Hund. Bjarne hatte es aber komischerweise geschafft, dass Linda mit ihm auf Wohnungssuche gegangen war.

Und jetzt, gut zwei Jahre nach dem richtigen Kennenlernen, hatten sie gerade vor zwei Wochen den Mietvertrag unterschrieben und waren nun offiziell seit sieben Tagen Mieter ihrer ersten gemeinsamen Wohnung. Das fühlte sich noch sehr leer, aber richtig gut an. Obwohl – ein wenig mulmig war Linda schon. Wo man jetzt für alles selbst verantwortlich war.

◆

Wie meldete man sich beim
Energieversorger an oder kurz,
wo bekamen sie den Strom her?
Was musste gemacht werden, damit auch
zukünftig Wasser aus der Leitung kam?
Und wie war das mit der Müllabfuhr?
Waren sie jetzt erwachsen?

◆

Linda und Bjarne hatten drei Zimmer, Küche und Badezimmer mit Fenster. Für den Anfang schon ziemlich gut. Und ganz wichtig – sie hatten eine Terrasse. Was wollten sie mehr – nichts! Zumindest in diesem Moment.

In der Wohnung musste noch einiges renoviert werden. Und wie das nun mal so war, wollten die Eltern von Linda und Bjarne sie dabei unterstützen. Sie hatten also mit ihrer Hilfe gedroht. Für Eltern blieben Kinder häufig Kinder, egal wie alt sie waren. War zumindest bei Lindas Eltern so. Nicht dass sie ständig auf der Matte standen und sich in alles einmischten. Nein, so machten sie das nicht. Ihre Eltern waren immer da gewesen, wenn sie sie gebraucht hatte. Früher hatte ein lauter Ruf aus dem Kinderzimmer ausgereicht, damit ihre Mutter oder ihr Vater zu ihr kam, um die abendliche dicke Spinne aus ihrem Zimmer zu entfernen. Später genügte ein Anruf und sie waren gekommen und hatten geholfen, wie und wo sie nur konnten. Manche Kinder mochten das vielleicht nicht. Linda fand das gut.

Linda und Bjarne feierten Weihnachten mit ihren Eltern. So richtig schön klassisch – oder spießig. Einen Tag bei Bjarnes Eltern, den anderen Tag bei Lindas. Die Eltern wussten ja, dass Linda und Bjarne seit Kurzem gemeinsam eine Wohnung gemietet hatten.

Sie verabredeten sich für den 27. Dezember, also den Tag nach Weihnachten, mit ihren Eltern in ihrer neuen Wohnung zum Renovieren.

2

Der Tag eins

Es war morgens am 27. Dezember. Linda und Bjarne waren am Frühstücken. Es war der siebte Tag in ihrer Wohnung. Es gab Käse und Salat für Bjarne. Linda mochte auch Käse und Salat, aber nicht morgens. Da konnte sie Bjarne nun überhaupt nicht verstehen. Fettige Mayonnaise am Morgen, grausiger ging es für sie kaum noch. Linda war eher die Süße. Sie bevorzugte Marmelade und Honig. Die Marmelade war natürlich von ihrer Mutter. Die machte diese leckere Marmelade immer aus eigenen Früchten selbst. Auch ein Erwachsener brauchte ein Zuhausegefühl.

Ihre Eltern wollten oder besser sollten gegen 11.00 Uhr kommen. Das hatten Linda und Bjarne extra so geplant, damit sie nach den anstrengenden Weihnachtstagen mal ausschlafen, zumindest halb ausschlafen, konnten.
Bjarnes, aber auch Lindas Eltern waren eigentlich Frühaufsteher. Bjarnes Eltern waren noch berufstätig. Das hieß, bei ihnen klingelte wochentags immer so gegen 5.00 Uhr oder 5.30 Uhr der Wecker. Lindas Eltern waren bereits Rentner. Als Rentner hatte

man ja immer so viel zu tun, deshalb wurden ihre Eltern meistens auch so früh wach, hatte ihre Mutter ihr mal vor einiger Zeit gesagt.

Es war 9.30 Uhr und es klingelte.

„Bjarne, machst du mal bitte auf. Ich habe noch nasse Haare", sagte Linda.

„Ich geh' schon. Erwartest du ein Paket?", fragte Bjarne und drückte dabei auf den Türöffner, der sich neben der Wohnungstür befand.

„Nein."

Ein Paket erwarteten sie nicht. Und für den Weihnachtsmann wäre es auch schon ein paar Tage zu spät. Also wer konnte das sein?, fragte sich Linda.

Bjarne machte die Wohnungstür auf. Vor der Tür standen seine Eltern. Richtig schön aufgehübscht, mit alten Hosen und so. Na, das konnte ja heiter werden. Bjarnes Eltern meinten, sie wären ja sowieso wach und da wären sie einfach losgefahren.

◆

Nein, natürlich störten sie nicht.
Ja, natürlich frühstückten sie in Ruhe
zu Ende.
Ja, natürlich sagten sie ihnen auch,
was sie jetzt schon mal machen könnten.
Eltern waren was Wunderbares!
◆

Kaum saßen sie also wieder am Frühstückstisch, klingelte es erneut. Sie erwarteten noch immer kein Paket.

„Wer kommt denn jetzt schon wieder?", fragte Bjarne mit leicht gereiztem Ton.

„Keine Ahnung. Ich mache die Tür schon auf", sagte Linda, als sie mit noch leicht feuchten Haaren zur Tür ging. Sie drückte den Summer. Hörte, wie die Tür unten im Treppenhaus aufging. Und was vernahmen ihre Ohren jetzt? Die Stimme ihres Vaters, die so was sagte wie, dass das ein schönes Treppenhaus sei. Das war Linda noch gar nicht aufgefallen. Schnell schaute sie sich die Fliesenfarbe im Treppenhaus an. Sie wollte ja mitreden können, wenn ihr Vater vom Treppenhaus sprach.

Linda begrüßte ihre Eltern. Bjarne frühstückte und hatte auch ein Auge bei seinen Eltern, die frei in der Wohnung umherliefen. Die musste man ja immer ein wenig unter Kontrolle haben, das wusste Bjarne aus langjähriger Erfahrung. Bjarne konnte sich noch erinnern, wie seine Mutter sein Kinderzimmer mal ganz heimlich tapeziert hatte. Er war damals morgens zur Schule gegangen. Sein Zimmer war mit den üblichen Postern aus den einschlägigen Jugendzeitschriften dekoriert. Als er gegen Nachmittag aus der Schule gekommen war und in sein Zimmer geschaut hatte, hatte er einen riesigen Schreck bekommen. Seine Mutter hatte das

Zimmer mit einer hellblauen Tapete tapeziert. Die hellblaue Tapete wäre ja noch
nicht so schlimm gewesen, aber auf dieser
Tapete waren kleine Polizeiautos abgebildet.
Als Bjarne das Linda vor einiger Zeit erzählte, hatte Linda gedacht, Bjarne wäre zu dem
Zeitpunkt noch ein kleiner Junge gewesen.
So war es aber nicht. Bjarne war schon
sechzehn Jahre alt gewesen und kurz davor,
seinen Ausbildungsvertrag zu unterschrei-
ben. Diese Geschichte war in Bjarnes Ge-
dächtnis eingebrannt. Deshalb mussten Eltern regelmäßig kontrolliert und beaufsich-
tigt werden, wenn sie Freigang in seiner
Wohnung, oder wo auch immer, hatten.
Aber dafür extra Kameras in der ganzen
Wohnung anzubringen, wäre auch zu auf-
wendig. Aber jetzt zu Lindas Eltern.

◆

Ja, sie hatten einen Zug früher genommen,
weil sie ja schon wach waren.
Nein, sie ließen sich beim Frühstücken
nicht stören.
Ja, natürlich zeigten sie auch Lindas
Eltern, was sie machen könnten.
◆

Lindas Vater bemerkte als Erster die
fremden Stimmen in der Wohnung. Bjarne
stellte seinen Eltern Lindas Eltern vor.
Merkwürdiges Gefühl, Linda und Bjarne

kannten sich nun schon ein paar Jahre. Aber ihre Eltern waren sich noch nie begegnet. Aber jetzt.

„Ich bin der Erich", sagte Lindas Vater zu Bjarnes Mutter. Sie guckte ihn nur an.

„Wir können uns doch gleich duzen", sagte er dann noch.

„Ich heiße Ute", erwiderte Bjarnes Mutter lächelnd.

Lindas Vater war immer schon sehr schnell mit dem Duzen gewesen. Na ja, jetzt, wo man ein gemeinsames Renovierungsobjekt hatte, war das wohl auch o. k. Handwerker duzten sich eben.

Anders sah es bei Lindas Mutter und Bjarnes Vater aus. Ihre Mutter war immer sehr distanziert. Nein, nicht kaltherzig. Das nun überhaupt nicht. Sie war eben eine echte Norddeutsche. Eine echte Norddeutsche war nicht so einfach zu gewinnen. Sie kam ja auch eher aus der Generation, in der man nicht jeden gleich duzt.

Bjarnes Vater, ein ganz ruhiger Vertreter des männlichen Geschlechts, gab ihrer Mutter die Hand. Beide nannten ihre Vornamen, Magda und Jörg. Das war es. So ein kleines scheues Lächeln huschte noch kurz über ihre Gesichter. Wie zwei Teenager beim ersten Date. O. k., erstes Date stimmte. Aber Teenager?

Sie wiesen ihre Eltern in die zu verrichtenden Tätigkeiten ein. Da sich Lindas Vater und Bjarnes Mutter so gut verstanden, beschlossen sie, dass diese beiden ein Team bilden sollten. Das zweite Team waren somit Magda und Jörg. Gut, das war dann schon mal schmerzfrei erledigt.

Lindas Vater und Bjarnes Mutter unterhielten sich angeregt. Linda und Bjarne hörten ein ununterbrochenes Geplapper aus dem Zimmer. Aus dem anderen Zimmer hörten sie nichts. Schwiegen sich ihre Erzeuger etwa an? Linda und Bjarne schauten vorsichtig um die Ecke. Magda und Jörg waren ganz versunken in ihre Arbeit. Sie waren eben nicht die Dauerredner. Auch die stille Kommunikation war eine Art, sich miteinander zu unterhalten. War ja auch richtig, dass sie konzentriert arbeiteten, denn ihre Vorfahren und Produzenten waren ja auch nicht zum Reden hier, sondern zum Arbeiten, dachten sich Linda und Bjarne.

Linda und Bjarne gingen als Auftraggeber durch die Zimmer und sahen, dass gut gearbeitet wurde. Farbe nach links, Nagel und Regal nach rechts und so weiter. Man hatte erstaunlich viel Zeit, wenn man die Eltern sinnvoll einsetzte.

„Wollt ihr noch einen Kaffee oder ein Brötchen?", fragte Bjarne die Eltern.

„Nein, danke. Wir haben schon gefrühstückt", antwortete Lindas Mutter.

„Ute, Bjarne fragt, ob wir Kaffee wollen?", fragte Jörg seine Frau.

„Nein", lautete ihre Antwort.

„Du hast ja lustige Eltern", sagte Linda leise zu Bjarne in der Küche, „dein Vater muss erst deine Mutter fragen, ob sie Kaffee wollen. Und wenn deine Mutter Nein sagt, dann bekommt dein Vater auch keinen Kaffee."

„Tja, so sind sie halt."

Sie deckten den Frühstückstisch ab.

Ihre Eltern zeigten diese hervorragenden Renovierungsleistungen den ganzen Tag. Linda und Bjarne hatten dadurch die Gelegenheit, sich die Gegend und die Nachbarn ein bisschen genauer anzuschauen.

Sie schauten gelegentlich mal aus den Fenstern und erkannten, dass hier nicht viele Autos fuhren. War ja auch so etwas Ähnliches wie eine Sackgasse.

Wenn sie durch die Terrassentür blickten, sah alles noch so weihnachtlich und friedlich aus. Linda und Bjarne fragten sich, ob man jetzt eigentlich renovieren konnte oder besser durfte, wo doch so viele Menschen freihatten und ausschlafen wollten. Es schienen auch viele Nachbarn im Urlaub zu sein oder Urlaub zu haben. Das Leben war irgendwie langsamer und bedächtiger zwischen Weihnachten und Silvester. Außer natürlich bei ihren Eltern, die waren so richtig schön am Arbeiten. Immer noch. Gut so!

Bjarne fühlte sich sichtlich wohl in seinem Aufpasser- und Delegierjob. Job konnte man das eigentlich nicht nennen. Für Bjarne schien diese Tätigkeit eine Berufung zu sein. Er ging, die Hände auf dem Rücken verschränkt, durch die Zimmer. Bjarne hatte diese verschränkte Art zu gehen auch immer im Supermarkt. Draußen auf dem Parkplatz oder auf dem Weg zum Supermarkt wedelte er noch immer mit allem herum, womit er so wedeln konnte. Aber kaum betrat er einen Laden, hatten seine Hände den Drang, sich auf den Rücken zu verschränken. Musste chronisch sein, dachte sich Linda. Wenn sie mal viel Zeit hätte, dann würde sie sich mit diesem Phänomen mal näher beschäftigen.

Um die Mittagszeit war Bjarne im Wohnzimmer. Er wollte gerade den Plastiktisch decken. Auch bei umfangreichen Renovierungsarbeiten sollte nicht auf das übliche Drei-Gänge-Menü verzichtet werden. Linda hatte das Menü heute Morgen unter größten Anstrengungen kreiert. Und das unter der erschwerten Bedingung, dass sie nicht richtig frühstücken konnte. Sie gab Bjarne nun also die Menü-Unterlagen für das Wohnzimmer. Er bekam von ihr eine Plastiktischdecke, Pappteller und hygienisch sauberes Plastikbesteck. Auf diese Menü-Unterlagen kam dann das Drei-Gänge-Menü. Es bestand aus Kartoffelsalat, erster Gang, Würstchen, zweiter Gang, und Brot, logisch, dem dritten Gang.

Linda rief Bjarnes und ihre Eltern, dass das Essen fertig sei. Bjarne ging zur Terrassentür, statt sich an den Tisch zu setzen. Aber vielleicht hörte er draußen mal wieder was. Möglicherweise war es das letzte Blatt, das vom Baum gefallen war. Na ja, irgendwas in dieser Richtung würde es wohl sein. Er war ja immer so neugierig.

„Da ist ein großes Tier", sagte Bjarne, als er an der Terrassentür stand.

Nun wusste Linda ja, dass Bjarne gern mal ein wenig übertrieb. Sie ging also davon aus, dass er einen Vogel oder eine Krabbelameise sah. Sie lief zu ihm, um sich dieses Tier anzusehen. Und was sah sie? Dieses große Tier war keine Taube und auch kein anderer Vogel und erst recht nichts Kriechendes. Es war auch kein dicker Käfer. Nein, es war nichts, was fliegt oder krabbelt. Es war ein Kater. Oder doch eine Katze?

Linda und Bjarne riefen gemeinsam lautstark nach ihren strebsamen Eltern. Sie kamen neugierig angerannt und wollen ebenfalls das große Tier sehen. Und so standen sie jetzt alle an der Terrassentür und schauten hinaus. Sie sahen sich alle das große Tier an. Sie schauten so, als hätten sie noch nie eine Katze gesehen. So war es natürlich nicht. Aber sie erwarteten hier und heute und auf dieser Terrasse einfach keine Katze. Und schon gar nicht so eine große Katze – oder doch einen Kater?

Dieser Kater – sie gingen alle davon aus, dass es ein Kater war – sah aus wie ein kleiner Tiger. Sein braunes Fell wies die Maserung eines Tigers auf. Er hatte grüne Augen. Es schauten nun also zwölf blaue, braune und grüne Augen, verteilt auf sechs Menschen, von der einen Seite der Terrassentür auf zwei grüne Augen auf der anderen Seite der Terrassentür.

Einen Moment, wer schaute hier eigentlich wen an? Ihnen gingen tausend Fragen durch den Kopf. Dass Katzen und auch Kater sowie Hunde mal auf Terrassen saßen, das wusste man ja.

◆

Aber was machte dieses Tier auf
ihrer Terrasse?
Wem gehörte dieses Fell mit Augen?
Nein, ein Halsband trug er nicht.
Er sah aber sehr gepflegt aus.
Ein reiner Straßentiger schien er
nicht zu sein.
Aber wo wohnte er?

◆

Ihre Nachbarn kannten Linda und Bjarne noch nicht so gut, um zu wissen, ob der Kater zu ihnen gehörte. War ihnen in diesem Moment auch egal.

Damals wussten sie noch nicht, wie dieses Tier ihr Leben verändern würde.

Kurze Zeit später saßen sie an dem kunstvoll und liebevoll gedeckten Tisch. Waren ja wahnsinnig gemütlich, solche Renovierungsunterbrechungsfütterungen.

Sie servierten ihren arbeitenden Mitmenschen auch noch Wasser und Saft. Alkohol in der Arbeitszeit, nein, das führten sie gar nicht erst ein. Sie unterhielten sich über den Kater, die Tapeten und was sonst noch so anlag.

Linda schien es, als hätten die anderen fünf Mitesser den Kater schon wieder vergessen. Sie machte sich jedoch so ihre Gedanken, wo er wohl herkam und ob er genügend zu essen hatte. Ihre Gedanken schwebten über den Wasserdampf des Würstchentopfes hinweg.

Sie kehrten zurück zu ihren Arbeiten. Ein Nagel links in die Wand, eine Schraube rechts in den Schrank, und dabei behielten sie immer schön die Eltern im Auge. Ihre Eltern machten das echt gut. Sie verzichteten auf unnötige Pausen, zögerten Toilettengänge so lange wie möglich hinaus und waren auch sonst ganz gut dabei. Linda musste allerdings sagen, dass Bjarnes Mutter und ihr Vater ein wenig zu viel redeten.

Das hatte sie ja schon vor dem Mittagessen bemerkt. Linda und Bjarne würden später das Ergebnis begutachten und dann ihre Schlüsse daraus ziehen. Vielleicht sollten sie zukünftig ihre Eltern in den Erzeugerkombinationen einsetzen. Alte Eheleute hatten sich doch weniger zu sagen, oder stimmte das gar nicht? Da hieß es jetzt nur, dass sie abwarten mussten. Hier würden sie, wenn es gar nicht anders ginge, mit den genannten Menschenversuchen arbeiten müssen.

Natürlich hatte Linda in der Zwischenzeit den obligatorischen Butterkuchen gekauft. Linda hatte bereits in der letzten Woche einige Bäckereien und Konditoreien in der Gegend ausfindig gemacht. Von der einfachen Bäckerei bis zur hochpreisigen Konditorei war hier alles zu finden. Das war beruhigend, denn Linda liebte es, guten Kuchen zu essen.

Sie schnitt den gekauften Kuchen nun in einige Stücke, denn auch ältere Arbeitnehmer mussten mal was Süßes essen.

Ihre strebsamen Eltern und sie selbst aßen den Kuchen und tranken eine Tasse Kaffee dazu. Vielleicht auch zwei. Aber dann ein wenig zügiger bitte. Bjarnes Mutter hatte diesen Kaffee in einer Thermoskanne mitgebracht. Sie murmelte so was wie, dass die Kinder doch bestimmt noch keine Kaffeemaschine hätten. Sie sagte das so leise zu Lindas Eltern, dass Linda und Bjarne es wohl nicht hören sollten. Sie hörten es aber. Es war doch wirklich schön, dass man sich so um sie kümmerte.

„Dein Kaffee schmeckt immer so lecker. Obwohl er aus der Thermoskanne kommt", sagte Bjarne mit kräftiger Stimme zu seiner Mutter.

„Ja, der ist echt gut, Ute", sagte Linda lächelnd und zwinkerte in Bjarnes Richtung.

„Danke. Ja, der Kaffee ist auch noch richtig warm, sogar fast noch heiß. Das hätte ich nicht gedacht. Ich habe ihn ja schon um 8.00 Uhr gekocht", erklärte Ute. Man konnte ihr die Freude über den guten Kaffee anmerken. Sie war sichtlich stolz auf ihren Kaffee.

Bjarne musste innerlich grinsen. Vielleicht wurde seine Mutter durch dieses Lob jetzt noch mehr motiviert, hier zu arbeiten. Wenn das so funktionierte, dann würden Linda und Bjarne zukünftig ihre Eltern für alles loben. Das würde mögliche Handwerkerkosten enorm senken.

Nach diesen Lobesbekundungen sprach keiner mehr über den Kater.

Linda und Bjarne gingen noch ein paarmal an die Terrassentür. Der Kater war aber nicht da.

„Na, willst du auch mal gucken?", fragte Bjarne Linda, die gerade in das Wohnzimmer kam.

„Der Kater war ja echt niedlich. Findest du das nicht auch, Bjarne?"

„Meinst du, er kommt noch mal wieder?"

„Ich hoffe es, vielleicht ist er nur mal nach Hause gegangen, zum Fressen oder so."

Sie wussten nichts über den Kater und vermissten ihn schon. Vielleicht hatte er ja auch schon bei den Vormietern auf der Terrasse gesessen. Linda und Bjarne wussten es nicht.

Als ihre Eltern abends das Haus verließen, sprachen sie nochmals, ohne tieferen Hintergrund, über das große Tier. Danach fielen sie irgendwie und irgendwann ins Bett.

„Solche Elternaufpassertage sind schon ganz schön anstrengend", sagte Linda mit gähnender Stimme zu Bjarne.

„Ja", war seine knappe und müde Antwort.

Kaum lagen sie im Bett, waren sie auch schon eingeschlafen.

Am nächsten Tag hatten Linda und Bjarne sturmfreie Bude, das hieß, dass ihre Eltern ihr Kommen nicht angekündigt hatten. Die Erzeuger mussten doch auch noch kaputt sein. Irgendwann rief Lindas Mutter an und fragte, ob Linda und Bjarne alles gut überstanden hätten und ob sie noch müde wären. Müde? Nein, wie kam sie denn auf so was? Linda und Bjarne guckten sich ziemlich unausgeschlafen an. Bjarne schaute Linda an und fiel in den Sessel. Seine Augen hatten eine sehr längliche Form.

„Bist du etwa müde? Das kann ich mir ja gar nicht vorstellen", sagte Linda leicht ironisch.

„Ich müde?", sagte Bjarne, „nee, ich übe nur für den nächsten Besuch im chinesischen Restaurant."

„Na dann ist ja alles gut", sagte Linda lächelnd.

So wie Bjarne aussah, würde er gegen die Tür beim China-Restaurant rennen, dachte sich Linda. Vielleicht sollte er lieber noch ein wenig schlafen. Wenn Linda aber genau darüber nachdachte, hatte Bjarne gar keine Zeit zum Schlafen. Er musste arbeiten. Also kniff sie ihm in den Hintern, kitzelte ihn in den Kniekehlen und – schwupps – wurden die Augen groß, er wachte auf und sie konnten besprechen, was sie heute renovieren wollten. Sie schauten sich also in ihrer Wohnung um und sahen, dass es hier noch einiges zu machen gab. Also rein in die alten Hosen und den Pinsel schwingen. Aber vorher schauten sie noch kurz auf die Terrasse. Er war nicht da. Ihr Kater war nicht da. Sie wollten später nochmals nach ihm sehen.

3

Ein genauer Blick

Tage später war das große Tier wieder da. Linda und Bjarne schauten es sich genauer durch die Fensterscheibe an. Das Tier sah sehr niedlich aus. Nur die Ohren. Was war mit den Ohren passiert? Die Ohren waren gezackt. Er musste wohl gekämpft haben. Aber war ja auch egal. Konnte passieren, wenn man mal ab und zu auf der Straße lebte. Lebte er auf der Straße?

„Bjarne, viele Katzen sind doch nachts an Revierkämpfen beteiligt. Vielleicht kommen seine gezackten Ohren ja daher", bemerkte Linda.

„Ja, stimmt. Die Viecher schreien dann über Stunden und man kann nicht schlafen. Bei meinen Eltern wohnte in der Nachbarschaft früher auch so ein Kater. Echt nervig", sagte Bjarne, „aber dieser lieblich aussehende Kater soll Straßenkämpfe ausfechten? Das kann ich mir echt schwer vorstellen."

„Ja, dazu braucht man wohl sehr viel Fantasie."

An diesem Tag war der Kater schon länger auf ihrer Terrasse als beim ersten Mal. Aber plötzlich war er auch wieder weg.

Wohin er gegangen war? Keine Ahnung. Einmal nicht geschaut, und schon war er nicht mehr da. Er fühlte sich scheinbar doch nicht so heimisch, wie Linda und Bjarne gedacht hatten.

Nach und nach waren Linda und Bjarne in den letzten Tagen mit ihren Nachbarn ins Gespräch gekommen. Die schienen ja schon ganz nett zu sein. Zumindest auf den ersten Blick oder besser beim ersten Gespräch. Sie hatten sich über dies und das unterhalten. Und irgendwann war das Thema auch auf das große Tier gekommen. Die beiden hatten erfahren, dass es ein Kater war. Hatten sie sich ja bereits gedacht. Sein Name war Milian. Wo er genau lebte, das wussten die Nachbarn auch nicht. Er sollte aber ganz verträglich sein. Nein, gefüttert hatten ihn die Nachbarn bisher nicht. Die Nachbarn hatten ihnen alles über diesen Kater erzählt. Es war nur so aus ihnen herausgesprudelt. Hörte sich so an, als mochten die Nachbarn diesen Kater. Fast alle Nachbarn schienen diesen Kater zu kennen.

Anfang des nächsten Jahres saß der Kater auch wieder auf der Terrasse, obwohl es kalt war. Komisch war das schon, denn Tiger froren im Allgemeinen nicht gern. Sie bevorzugten doch eher ein warmes Plätzchen auf oder an der Heizung oder am Kamin. Dieser

Kater schien daran nicht so ein großes Interesse zu haben.

Vielleicht hatten ihn seine echten Menschen vergessen, weil er ein paar Tage nicht im Haus gewesen war? Vielleicht waren seine echten Menschen in den Urlaub gefahren und er konnte nun nicht ins Haus zurück?

Linda und Bjarne machten sich viele Gedanken über den Kater. Zu viele Gedanken konnte man sich ja nicht machen. Lieber einen Gedanken mehr, als hinterher bereuen, dass man nicht darüber nachgedacht hatte, fanden die beiden.

Linda und Bjarne gingen beide morgens aus dem Haus und kamen am späten Nachmittag wieder. Beide arbeiteten im Büro, jedoch in unterschiedlichen Unternehmen in dieser Stadt. So sahen sie den Kater nicht immer. Es war ja morgens und abends noch oder schon wieder dunkel. Sie hatten auch morgens nicht die Zeit, den Kater auf der Terrasse oder unter den Büschen oder sonst irgendwo zu suchen.

Sie dachten sich, dass er sich ein anderes Plätzchen gesucht hatte, wo er auch im Laufe des Tages Menschenkontakt hatte. Denn Menschen mochte er, das hatten die beiden schon festgestellt. Und so wie er sich benahm, mochten ihn wahrscheinlich auch fast alle Menschen. Es gab ja immer ein paar Menschen, die Katzen nicht mochten. Linda und Bjarne hatten davon gehört, wollten darüber aber nicht weiter nachdenken.

Sie sahen Milian vielleicht jeden zweiten oder dritten Tag. Er saß dann vor der Terrassentürglasscheibe und schaute zu ihnen hinein. Ganz friedlich.

◆

Mehr machte er nicht.
Mehr wollte er scheinbar auch nicht.
Er klopfte nicht an die Scheibe.
Er miaute auch nicht.
Er schien ein ganz lieber Kater zu sein.

◆

Aber irgendwie war das nun doch schon komisch, das fand auch Bjarne. Bjarne, der für alles immer eine Erklärung hatte, wusste in diesem Fall auch nicht, was er sagen sollte. Das machte Linda nun wiederum gar nichts aus, wenn Bjarne mal ruhig war. So kannte Linda ihren Bjarne gar nicht. Er wurde doch häufig auf Feiern zum Alleinunterhalter, wenn die anderen mal wieder nichts zu sagen hatten. Oder wenn sich die Kommunikation auf ein norddeutsches *Jo* oder *Nee* beschränkte. Aber bei Milian war auch Bjarne mal ein richtiger Norddeutscher. Schön, aber ungewöhnlich für Linda.

Es war schon merkwürdig, wie sich Milian verhielt. Er war so anders als die Katzen, die Linda bisher gekannt hatte.

Die Katze ihrer Tante hatte sie früher immer in die Beine gezwickt, wenn sie mit ihrer Mutter dort zu Besuch gewesen war. Diese Katze hatte immer schon so angriffslustig geguckt. Meistens hatte sie sich unter dem Sofa versteckt und war dann plötzlich mit einem Fauchen aufgetaucht, sodass sich Linda als Kind sehr unwohl gefühlt hatte bei diesen Besuchen. Vielleicht war das auch ein ganz geschickter Erziehungstrick ihrer Tante gewesen. Wenn Linda ganz still auf dem Sofa gesessen hatte, dann hatte die Katze ja nichts gemacht. Waren die Besuche bei ihrer Tante nur dazu da, um Linda das Stillsitzen beizubringen? Leider konnte Linda ihre Tante dazu nicht mehr befragen, da sie vor einigen Jahren gestorben war.

Milian war so ganz anders als die Katze ihrer Tante. Wieso war dieser süße Kater so ausgeglichen? Gab es vielleicht zwei unterschiedliche Katzenarten? Einmal die friedlichen wie Milian und einmal die weniger friedlichen Katzen wie die von Lindas Tante?

Aber für das Verhalten von Katzen war wahrscheinlich eine größere Anzahl von Faktoren ausschlaggebend. Vielleicht sollte sie sich mal entsprechende Literatur besorgen, dachte sich Linda.

4

Es wird warm

Der Frühling kam langsam. Der Kater auch. Gern lag er auf ihrer Terrasse. Hier aalte er sich in den ersten Sonnenstrahlen. Sein braunes Fell glänzte seidig in der Sonne. Seine grünen Augen blinzelten. Die Sonne schien ihm in sein Gesicht. Ja, das mochte er. Und das genoss er auch. Für Menschen sah das richtig schön entspannend aus. Wenn man sich Milian so anschaute, sah er richtig glücklich und zufrieden aus.

So ging das nun fast jeden Tag. Er lag immer entspannt vor der Tür. Er kratzte nicht an dieser Tür. Er sprang nicht an ihr hoch. Er lag einfach nur so da. Selbst wenn die Terrassentür geöffnet wurde, kam er nicht ins Wohnzimmer. Er stand zwar auf und ging zur Tür, blieb dann aber stehen. So als befände sich dort eine unsichtbare Wand. Selbst wenn sie ihn riefen, kam er nicht in die Wohnung. Mit den Augen und Ohren hatte er aber keine Probleme, denn er hörte ja, wenn die Tür aufging. Er sah Linda und Bjarne auch aus ganz klaren Augen an.

Linda konnte sich an eine Katze in der Nachbarschaft ihrer Eltern erinnern, die blind gewesen war. Die Augen dieser Katze hatten ganz trübe ausgesehen. So sahen die Augen von Milian nicht aus. Er benahm sich auch nicht so, als wäre er krank.

◆

Linda und Bjarne fragten sich,
ob er bei seinen Menschen nicht ins
Wohnzimmer durfte oder ob er vielleicht
wirklich keine echten Menschen hatte.
Oder ob Menschen ihm zu menschlich waren
oder zu menschlich rochen?
Aber vielleicht war er auch
einfach nur ängstlich?
Vielleicht kannte er gar keine
Wohnung von innen?
Vielleicht lebte er wirklich draußen
oder in einem Schuppen?
◆

So viele Fragen und Überlegungen, und sie hatten auf keine eine Antwort.

Der Sommer war da. Die Sonne schien kräftig vom tiefblauen Himmel. Der Kater blieb auch jetzt in der Nähe der Terrasse, wenn Linda und Bjarne sich draußen hinsetzten und ein Buch oder eine Zeitung lasen. Meistens lag er dann auf dem Rasen vor ihrem Wohnzimmerfenster. Er lief nicht weg. Scheu war er überhaupt nicht. Er ging immer noch nicht in die Wohnung, ließ die beiden aber auch nicht aus seinem Blickfeld.

Wenn sie kurz mal aufstanden, ging sein Kopf einmal nach oben, seine Augen beobachteten, was sie machten. Alles o. k.? Dann legte er sich wieder hin. So ging es den ganzen Sommer. Und so ging es auch im Herbst.

Futter oder Leckerli hatten Linda und Bjarne nicht gekauft. Nein, wenn man Tiere erst mit solchen Dingen lockte, gingen sie vielleicht nicht mehr nach Hause. Linda hörte da ganz deutlich die Stimme ihres Vaters. So ähnlich hatten sich die Nachbarn auch bereits geäußert. Schien also ein Problem der älteren Generation zu sein.

Man durfte natürlich auch nicht vergessen, dass die Katzen, die sonst so die Nachbarschaft unsicher machten, meistens nicht alleine kamen. Sie brachten gern noch andere Katzen mit. Es verbreitete sich häufig wie ein Lauffeuer, wenn irgendwo Futter vor der Tür stand. Das wollten sie nicht.

Eine Katze als Haustier, das wollten die beiden auch nicht. Da wäre man ja furchtbar an das Haus gebunden. Wie sollte das denn gehen? Nein, Milian hatte ja bestimmt ein echtes Zuhause.

Linda und Bjarne überlegten, dass sie vielleicht nur so was wie eine Ferienwohnung für tagsüber für Milian waren.

Eine Katze, die raus und rein wollte, wenn sie tagsüber arbeiteten. Das ginge doch nicht. Und so einen Straßentiger zum Wohnungstiger machen, das ginge doch bestimmt erst recht nicht. Und wenn, dann wäre das nicht einfach. Er bräuchte seine Freiheit. Wollte laufen und spielen. Wollte Mäuse fangen und … Nein, als Haustier und drinnen, das ginge nicht! Linda und Bjarne wollten sich diesen Gedanken aus dem Kopf schlagen. Aber süß, süß war er schon, und wie!

Im Laufe der Zeit konnten die beiden keinen klaren Gedanken mehr fassen in Bezug auf Milian. Sie wussten nicht, was sie machen sollten. Irgendwas hatte Milian in ihnen bewegt, dass sie sich ständig so viele Gedanken machten. Sie stellten sich die Frage, was es wohl war.

Sie machten sich Gedanken über einen Kater, den sie sowieso nicht in ihre Wohnung lassen wollten. Den sie nicht füttern wollten. Diese Gedanken waren doch nun eigentlich Zeitverschwendung.

„Eigentlich" war ein Wort, das Linda für mehr als überflüssig hielt. Benutzten andere dieses Wort, dann regte es Linda immer auf. Die Leute sollten doch richtige Sätze sprechen und richtige Aussagen treffen und nicht nur eigentlich, brummte sie dann meistens vor sich hin.

Linda und Bjarne wollten diesen Kater nicht füttern. Sie wunderten sich aber schon ein wenig, dass er so gepflegt aussah, obwohl er fast immer auf ihrer Terrasse saß.

Er musste doch zwischendurch mal irgendwas fressen. Wo machte er das bloß?

Wenn sie ehrlich waren, dann hatten sie Milian auch noch nie beim Fangen von Mäusen gesehen. Die beiden dachten immer, dass Katzen Mäuse und auch Vögel fangen. War Milian auch hier anders?

Aber bei diesem Kater war eigentlich alles anders. Irgendwie schien Milian etwas an ihrer Einstellung und ihrem Verständnis gegenüber Katzen bewegt zu haben. Aber was nur?

◆

Was konnte ein Kater bewegt haben,
den sie noch gar nicht richtig kannten?
Den sie noch nicht mal richtig
gestreichelt hatten?
Der noch nicht auf ihren Armen war?

◆

O. k., Bjarne nahm fremde Tiere sowieso nicht gern auf den Arm. Er streichelte sie vielleicht mal. Aber nicht gern. Bjarne mochte Tiere, so war es nicht. Er hatte sogar als Kind mal ein Meerschweinchen gehabt. Er hatte Linda mal davon erzählt. Wie liebevoll er von diesem kleinen Wesen gesprochen hatte. Ein Mann von fast zwei Metern. Das kleine Meerschweinchen war damals gestorben. Linda hatte das Gefühl, dass Bjarne heute noch trauerte. Sie fand das o. k.

Trauern war ganz normal und auch gut. Wenn es sein musste, auch lebenslang. Vielleicht wollte Bjarne deshalb keine neue Beziehung zu einem Tier aufnehmen. Linda, die Hobby-Psychologin, nahm an, dass Bjarnes Problem wohl eher psychologisch war. Aber ihn zu einer Therapie zu schicken, wäre dann wohl doch übertrieben.

5

Einfach mal so rumlaufen

Im Laufe des nächsten Jahres wurde Milian immer zutraulicher. Er hatte keine Bedenken mehr, einfach mal in die Wohnung zu kommen.

Na ja, ganz so einfach, wie es sich jetzt anhörte, war es dann doch nicht gewesen. Bjarne hatte mal wieder Mitleid mit dem Kater, als dieser vor ihrer Terrassentür gesessen hatte. Der arme Kater konnte doch nicht immer draußen sitzen, schon gar nicht bei schlechtem Wetter, dachte Bjarne. Und so war er zum Kühlschrank gegangen und hatte ein Stück Käse herausgeholt.

Linda hatte bisher nur gedacht, dass man mit Käse Mäuse fängt und nicht Katzen oder Kater. Wusste ihr blonder Bjarne das auch? Sie kannte Bjarne ja schon länger. Blonde agierten schon manchmal ein wenig anders als Menschen mit anderen Haarfarben.

Mit diesem Stück Käse war Bjarne nun, ohne zu zögern, zu der Terrassentür gegangen und hatte sie geöffnet. Milian hatte ihn wie üblich angesehen. Bjarne hatte Milian den Käse gezeigt. Klar, so etwas hatte den Kater neugierig gemacht.

„Komm her, Milian", hatte Bjarne gesagt und war einen Schritt rückwärtsgegangen.

Milian war einen Schritt vorwärtsgegangen. So waren die beiden durch das Wohnzimmer spaziert. Linda hatte mit offenem Mund dagestanden und war voller Verwunderung über Bjarne, wie er rückwärts durch die Wohnung marschierte. Ein wenig komisch hatte das allerdings doch ausgesehen. Ein großer Mann mit Käse in der Hand, der im Rückwärtsgang versuchte, nicht aus seinen Hausschuhen zu rutschen, und ein stolzer Kater, der mit erhobenem Schwanz dem Käsejungen folgte.

Am Ende war Milian der eindeutige Gewinner gewesen. Er hatte den Käse sichtlich genossen. Aber bei genauer Überlegung ließ sich der Gewinner doch nicht so leicht definieren. Klar hatte sich Milian über den Käse gefreut. Er war wahrscheinlich so fasziniert von dem Stück gewesen und hatte gar nicht gemerkt, dass er ins Wohnzimmer gelockt wurde. Der andere aktive Gewinner war Bjarne gewesen, dem es durch seinen übermenschlichen Einsatz im Rückwärtsgang mit der potenziellen Gefahr eines Oberschenkelhalsbruchs gelungen war, Milian ins Wohnzimmer zu locken. Als dritte Gewinnerin hatte sich Linda gefühlt. Ganz passiv hatte sie der artistischen Komödie zugesehen. Ein Theater- und Zirkusstück im eigenen Wohnzimmer. Wer konnte bei so was schon live dabei sein? Und das kostenlos!

Zu dem Zeitpunkt wussten sie noch nicht, welchen Meilenstein sie da gesetzt hatten. Einen Gewinn, der sich in den folgenden Jahren als unbezahlbar herausstellen würde.

Wenn Linda über diese Locknummer nachdachte, musste sie immer noch lächeln. Sie war glücklich, dass der Kater sich so leicht locken ließ. So musste er zumindest nicht mehr frieren oder nass unter den Büschen liegen. Milian war damals, vor drei Wochen, nur kurz in der Wohnung gewesen. Linda und Bjarne wussten ja nicht, wie er reagieren würde. Sie hatten ihn also kurz nach der Verlockung durch den Käse wieder vor die Tür gelassen.

Aber richtig weglaufen wollte er seit der Aktion nicht mehr. Hatte dieser Wohnungsbesuch bei Milian was verändert? Würde er jetzt öfter mal in die Wohnung kommen? Linda und Bjarne hatten im Moment noch keine Antwort darauf.

Linda und Bjarne waren beide berufstätig und somit tagsüber nicht im Haus. Sie konnten so natürlich nicht sagen, ob der Kater tagsüber auf der Terrasse auf sie und den Käse wartete. Sie hofften, dass er das so machte. Die Erinnerung an den leckeren Käse lockte ihn bestimmt immer wieder an.

Milian war ja nun täglich bei ihnen. Manchmal sahen sie ihn morgens unter den

Büschen liegen. An anderen Tagen kam er nachmittags oder abends auf die Terrasse gerannt, wenn er sie hörte. Am Wochenende lag er auch gern mal auf den Steinen und sonnte sich, während sie etwas lasen. Ein wenig Abstand zu den Leseratten hielt er aber dann doch.

Die beiden wussten aber immer noch nicht, wo Milian wirklich wohnte. Sie nahmen an, dass er auf der anderen Straßenseite lebte. War ja auch im Prinzip egal. Die Hauptsache war, dass er ab und zu bei ihnen auftauchte. Zumindest sahen sie ihn nun jeden Tag.

◆

Er war so lieb.
Er war so anhänglich.
Er war so süß.

◆

Ein richtiger Straßenkater konnte er eigentlich nicht sein, so wie er sich benahm. Wenn da nicht die ausgefransten Ohren wären. Die Ohren sahen aus wie ein Zickzackmuster. Linda und Bjarne, die Tiere sehr mochten, hofften jedoch, dass diese Ohren nicht von menschlichen Tierquälereien stammten.

Lindas Mutter hatte so eine Schere, wenn sie schneiderte, die ein solches Zickzackmuster erstellte. Die Wahrscheinlichkeit, dass die Ohren dieses Muster durch eine Schere erfahren hatten, war doch wohl sehr gering. Sie waren wohl eher die Folge von katerischen Auseinandersetzungen. Aber darüber hatten Linda und Bjarne ja bereits gesprochen.

◆

Nee, so was konnte doch keiner machen.
Ja, diese Zickzackohren machten ihn einzigartig.
Oder gab es hier so bösartige Menschen?

◆

Sie fühlten sich, als drehten sich ihre Gedanken ständig im Kreis.

Der Kater wurde immer zahmer. Er stupste sie an und gab Köpfchen. Er schien sich bei seinen Stipp- und Stupsvisiten bei ihnen richtig wohlzufühlen. Das tat gut. Das tat allen gut.

Linda und Bjarne gewöhnten sich richtig an den felligen Besucher. Irgendwie gehörte er ja schon ein bisschen zu ihnen. Ein bisschen?

◆

War es ein bisschen, wenn man morgens
im Nachtzeug zur Terrasse ging?
War es ein bisschen, wenn man den Mord
im TV-Krimi verpasste, weil man ständig zur
Terrassentür schaute?
War es ein bisschen, wenn man abends
mit der Zahnbürste vor der
Terrassentür stand?

◆

So ging es nun Tag für Tag weiter. Milian
war da. Dann mal wieder kurz weg. Mal lag
er unter einem Busch, wenn die Sonne zu
sehr wärmte. Mal lag er auf der Terrasse
und ließ sich von den wenigen Sonnenstrahlen treffen. Die Fliesensteine der Terrasse
schienen ihn hier von unten zu wärmen. Irgendwo war Milian immer. Und wenn er mal
ein oder zwei Stunden nicht da war, machten sie sich mittlerweile auch keine Gedanken mehr. Sie wussten ja, dass er wieder zu
ihnen kommen würde.

Das war schon eine komische Beziehung
zwischen Linda, Bjarne und dem Kater. Sie
fragten sich immer wieder, warum der Kater
nicht nach Futter bettelte. Sie verstanden
auch nicht, warum er doch relativ gepflegt
aussah, obwohl er die meiste Zeit auf der
Terrasse lag. Von irgendetwas musste Milian
doch leben. Was aß er nur?

Na ja, wenn alle so dachten wie Lindas Vater, dann traute sich auch keiner zu sagen, dass er gefüttert wurde. Katzenfutter lockte doch auch Ratten an, sagten viele der älteren Generation. Ratten mussten bei früheren Generationen teilweise einen großen Schreck verbreitet haben.

Linda und Bjarne waren immer wieder und immer mehr zwischen ihren Gefühlen hin und her gerissen.

„Linda, was sollen wir denn jetzt machen mit Milian?", fragte Bjarne.

„Wie meinst du das?", war Lindas Rückfrage.

„Ja, soll er jetzt bei uns bleiben? So richtig in der Wohnung, oder wollen wir ihn nur als Terrassenkater?"

„Lass es doch einfach auf uns zukommen."

„Was heißt hier, einfach auf uns zukommen lassen? Findest du das echt?"

„Ich weiß nicht."

So unentschlossen waren sie noch nie gewesen. Was machte dieser Kater bloß mit ihnen?

6

Er ist weg

Milian war bis zu diesem Tag immer regelmäßig gekommen, das hieß nicht, immer zur selben Uhrzeit. Linda und Bjarne hatten aber gewusst, dass er immer mal wieder vorbeischaute. Es war so eine schöne unregelmäßige Regelmäßigkeit geworden.

Plötzlich kam er nicht mehr. Zuerst machten sie sich keine weiteren Gedanken darüber. Vielleicht hatten sie sich einfach verpasst. Wäre aber schon ein wenig komisch. Vielleicht war er unter die Mäusefänger gegangen, weil das Angebot zu groß war. Jetzt, nach ein paar Tagen, krochen dann aber doch die ersten Sorgen in ihnen hoch. Wo war ihr Kater?

Er hatte sich bei ihnen immer so wohlgefühlt. So hatte es auf sie zumindest gewirkt.

In den nächsten Tagen sahen die beiden immer wieder aus den Fenstern. Und was sie sahen, hatte nichts mit dem Kater zu tun. Vielleicht war er auch überfahren worden? Sie schauten sich die Straße genauer an. Daran mochten sie aber nun überhaupt nicht denken. Ihr Milian irgendwo vom Auto angefahren und vielleicht in die Büsche geworfen. Und um sein Leben kämpfend. Ein totales Horrorszenario, was Linda und Bjarne sich da ausmalten. Theoretisch wäre es aber möglich. Sie redeten sich ein, dass er sich wohl wirklich anderweitig orientiert hatte. Das wäre für sie nicht schön. Wenn es ihm aber woanders besser gefiele, dann konnten sie da wohl nichts machen. So oder so ähnlich versuchten sie, sich zu beruhigen.

Aber ihr Kater bei anderen Menschen. Das ging eigentlich nicht. Sie hofften weiterhin, dass ihm nichts passiert war. Ihre Gedanken drehten sich im Kreis. Eine Ordnung dieser Gedanken war ihnen nicht möglich. Was hatte dieser Kater nur mit ihnen gemacht? Diese Frage stellten sie sich immer und immer wieder.

Bjarne, der, wie bereits erwähnt, immer etwas zu sagen hatte, meistens auch logisch, war völlig durcheinander. Diese Seite von Bjarne kannte Linda noch gar nicht. Musste sie sich Sorgen machen? Wurde ihr blonder Mann nicht nur grau, sondern auch alt und ein wenig verwirrt? Oder war es nur die aktuelle Situation, die ihn so tüdelig wirken ließ?

Aber reden allein brachte ihnen ihren Kater nicht zurück. So fingen sie irgendwann an, in der Nachbarschaft unter den Büschen und auf den Rasenflächen zu suchen. Natürlich nur, wenn es bereits dunkel war. Was sollten die Nachbarn sonst von ihnen denken? Und auf die Fragen der anderen hatten

sie keine Lust. Aber Milian war nicht zu finden.

Wenn Linda und Bjarne spazieren gingen,
suchten sie gezielt unter und hinter jedem
Busch. Und das machten sie natürlich völlig
unauffällig. Sie schauten in die Fenster der
umliegenden Häuser. Es war nichts von Milian zu sehen. Die beiden kamen sich schon
ein wenig komisch vor, abends in beleuchte-
te Fenster zu starren. Aber was sollte man
machen, wenn einem ein Fell fehlte?

Sie sahen überall Menschen mit glückli-
chen Katzen, abends bei ihren Rundgängen
in den beleuchteten Wohnungen, später
dann im Fernsehen. Es schien ja nur noch
Fernsehfilme mit Katzen zu geben. Jeder
Schauspieler schien eine Katze als Haustier
zu haben. Linda wusste nicht, ob das immer
so gewesen war. Sie hatte mal gelesen, dass
Tiere die Einschaltquote erhöhen. Wahrscheinlich tauchten aus diesem Grund überall Katzen auf. Ihr Tiger war aber nicht in
Sichtweite. Nicht einmal in der lokalen Nach-
richtensendung lief er durch das Bild.

„So ein Mist", sagte Linda weinend zu
Bjarne.

„Ja, stimmt", lautete Bjarnes völlig apa-
thische Antwort.

◆

Ihr kleiner, süßer Kater war weg.
Damit mussten sie sich jetzt wohl
abfinden.
Schade.
Es tat so weh!

◆

„Du, da stand doch vor einiger Zeit ein Möbelwagen in unserer Straße", rief Bjarne zu Linda ins andere Zimmer.

„Ja, das stimmt", antwortete Linda und kam zu Bjarne, „das muss doch ... du, seitdem ist Milian verschwunden."

Ja, das schien die Lösung zu sein. Klang jetzt total logisch. Milian war mit seinen Menschen umgezogen. Bjarne war wirklich richtig schlau für einen Mann. Und man durfte nicht vergessen, Bjarne war blond.

Linda und Bjarne glaubten, nein, sie wussten, dass sie ihren kleinen Kater nie wiedersehen würden. Das stimmte die beiden Milian-Fans traurig. Obwohl das Wort traurig nur begrenzt ausdrücken konnte, was sie wirklich fühlten. Dafür hatten sie in diesem Moment auch keine Worte. Sie redeten sich ein, dass er noch lebte und wirklich nur umgezogen war. Und das es seine Menschen gut mit ihm meinten. Konnte sie diese Erklärung beruhigen?

Linda und Bjarne hatten Milian ja nie gefüttert. Er hatte ja auch nie gebettelt. Natürlich nicht, er hatte ja sein Futter bei seinen
echten Menschen bekommen. Davon gingen
sie mittlerweile aus.

◆

Aber wieso war er dann immer auf ihrer
Terrasse gewesen, wenn er doch noch
eigene Menschen hatte?
Wann hatten ihn diese Menschen dann
eingefangen?
Er musste ja doch noch dort sein Futter
bekommen haben.
Mochte Milian seine echten Menschen lieber
als Linda und Bjarne?
Bestimmt nicht, sonst wäre er ja nicht so oft
bei ihnen gewesen.

◆

Waren Linda, Bjarne und die Terrasse nur
so was wie ein Wellness-Bereich für Milian
gewesen? Und wenn das so gewesen wäre,
dann hofften sie, dass Milian bei ihnen eine
schöne Zeit verbracht hatte.

7

Milian?

Die Wochen vergingen. Es war mittlerweile April. Ein launischer Apriltag wie aus dem Bilderbuch. Linda und Bjarne kamen etwas früher von der Arbeit zurück, denn es war Freitag. Büromenschen kamen ja meistens freitags früher nach Hause.

Freitags war bei ihnen immer einkaufen und Wohnung putzen angesagt. Linda schleppte ihre Taschen in die Wohnung. Sortierte die Lebensmittel, die sie auf dem Nachhauseweg schon eingekauft hatte. Danach machte sie sich eine Kleinigkeit zum Essen. Dabei las sie eine Zeitschrift. Den neusten Tratsch von Königs und so. Also eine echte Bildungslektüre. Nach einer Woche Arbeit im Büro, nervigen Autofahrern auf der Straße und den ganzen anderen anstrengenden Sachen, die sie in den letzten fünf Tagen aufgeregt hatten, waren Silvia und Carl Gustaf das Richtige für ihren Kopf.
Während sie las, kam Bjarne nach Hause. Wie üblich machte er sich kurz im Badezimmer frisch. Danach sprachen sie ein bisschen über den Tag. Was so in ihren Unternehmen passiert war und dass mal wieder an der Kasse jemand mit Kleingeld bezahlen

musste, obwohl die Schlange immer länger wurde.

„Du Bjarne, das muss ich dir unbedingt erzählen", sagte Linda leicht erregt.

„Na, was denn", war Bjarnes Äußerung.

„Du weiß ja, dass ich das nicht ausstehen kann, wenn Leute an der Kasse mit Kleingeld bezahlen, wenn die Schlange schon so lang ist …"

„Ja, das weiß ich", sagte Bjarne verständnisvoll und genervt gleichzeitig.

„… lass mich mal weiter erzählen, Bjarne. Ich bezahle ja auch gern mit Kleingeld, aber nur, wenn nicht so viele Kunden hinter mir stehen. Ich kann doch keinem anderen Kunden die Zeit stehlen durch mein Gesuche nach dem Geld. Aber der ältere Mann heute vor mir hätte mich bald zur Weißglut getrieben. Erst verstand er nicht, welchen Betrag die Kassiererin ihm nannte. Schon nervig. O. k., Bjarne, älter werden wir alle. Hörst du mir überhaupt zu?"

„Jaha", antwortete Bjarne mit diesem eigenwilligen Unterton.

„Gut. Dann suchte er seine Geldbörse. Als er diese dann gefunden hatte, suchte er das Kleingeld heraus. Cent und Euro, also Kupfer- und Silbergeld, waren bei ihm getrennt im Portemonnaie. Auch noch o. k. Ich hab‘ mein Geld ja auch mal so getrennt sortiert. Aber dann, Bjarne, hör zu … dann fing er an, seine Brille zu suchen, weil er das Kleingeld

nicht unterscheiden konnte. So ein Super-
marktbesuch kommt ja auch immer so
plötzlich. Und dann … dann versuchte er
wohl, seine Brieftasche zu finden, um den
entsprechenden Geldschein zu suchen. Ich
war da schon so gereizt und genervt, ich
wollte erst noch mal zurück in den Laden
gehen, um mir ein Kilo neue Nerven zu kaufen. Aber ich wusste nicht, in welcher Abtei-
lung es diese gibt."

„Du tust mir so leid", sagte Bjarne mit so
einem merkwürdigen Unterton.

„Nerv' du mich nicht auch noch", antwortete Linda schroff, drehte sich um und ging.

Bjarne wollte gleich anfangen, die Wohnung zu saugen. Männer sollte man bei der
Hausarbeit nicht stoppen, diesen Ansatz ver-
folgte Linda schon seit längerer Zeit. Und sie
fuhr gut damit. Sie wusste, dass ihre Mutter
ihren Vater auch nicht unterbrochen hatte,
wenn er mal, so einmal in zehn Jahren, Kaffee kochen wollte. So als Dienstleistung, das
verstand sich von selbst, so nach vierzig
Jahren Ehe.

Linda nickte also Bjarne bejahend zu. Sie
selbst ging dann das Badezimmer und die
Küche putzen.

Vorher ging sie kurz noch mal ins Wohn-
zimmer. Sie wollte noch etwas aus dem
Schrank holen. Als sie dann vor dem
Schrank stand, hatte sie mal wieder verges-

sen, was sie eben noch gewusst hatte. So ging es ihr in letzter Zeit häufiger.

Linda ging wie früher zur Terrassentür, in der Hoffnung, ihr fiele wieder ein, was sie vergessen hatte. Sie schaute mit einem verträumten Freitagnachmittagsblick nach draußen.

◆

Und was sah sie heute?
Sie glaubte es nicht!
Es war Milian.
Ihr Milian.
Er war wieder da!

◆

Vor ihrer Terrassentür lag ein völlig dünnes und zotteliges Tier. Mit struppigem, kaum glänzendem Fell lag ihr Milian da.

„Bjarne, komm doch mal", rief Linda ganz aufgeregt. Bjarne kam aber nicht.

„Bjaaarnnne", rief sie ganz bestimmend, fast schon schreiend. Bjarne kam immer noch nicht.

Linda ging zur Steckdose und zog den Stecker raus. Bjarne guckte sie an.

„Was soll das?", fragte er.

„Kannst du nicht hören, wenn man dich ruft?", brüllte sie ihn aufgeregt an.

„Ich habe gesaugt, da hört man nichts anderes. Was ist denn?"

Linda nahm Bjarne an die Hand und zog ihn ins Wohnzimmer zur Terrassentür.

Da standen sie jetzt an der Terrassentür und glaubten es nicht. Verstanden es nicht. Ihre Gedanken gingen durcheinander. Mal wieder. Ihre Köpfe waren nicht groß genug für ihre Gedanken. Oder war das alles ein Traum?

◆

Wo war er gewesen?
Warum war er nach Wochen wieder da?
Warum sah er so aus?
War er krank?
Wie lange saß er schon da?
Wo kam er jetzt her?

◆

Linda und Bjarne öffneten vorsichtig die Terrassentür. Zögernd schaute Milian sich um und kam dann schließlich zu ihnen rein. Zu ihnen ins Wohnzimmer. Sie waren überrascht, sprachlos und glücklich. Er erkannte sie wieder. Er hatte keine Scheu, ins Wohnzimmer zu gehen. Sein erster selbstständiger Wohnzimmerbesuch. Er verhielt sich so, als würde er alles kennen. Was war das schön!

Milians grüne Augen schauten sich in seinem Wohnzimmer um. Ob er sich in diesem Moment ein neues Zuhause ausgesucht hatte?

Nach einiger Zeit wollte er wieder raus. Sie öffneten die Tür und er marschierte hinaus. Die Terrasse und die angrenzenden Rasenflächen verließ er aber nicht.

Sprachlos schauten sich Linda und Bjarne an. An Wunder hatten sie noch nie geglaubt. Aber dieses schien ein kleines Wunder zu sein.

◆

Ihr Milian war zu ihnen zurückgekommen! Unfassbar schön!

◆

Linda und Bjarne standen bestimmt noch eine halbe Stunde an der Terrassentür und schauten hinaus.

„Zwick mich mal", sagte Linda zu Bjarne.

„Wieso?", fragte Bjarne.

„Wieso? Weil ich nicht glauben kann, dass Milian wieder da ist. Ich glaube, dass ich träume. Also kneif mich endlich irgendwo, damit ich merke, dass ich wach bin", sagte Linda bestimmend.

Bjarne kniff sie tatsächlich in den Arm. Linda nahm einen leichten Schmerz wahr. Sie schien wirklich wach zu sein. So intensiv kann doch keiner träumen, dachte sie. Noch nie hatte sie sich so gern kneifen lassen!

„Bjarne. Jetzt hör auf damit. Ich weiß ja, dass ich wach bin", sagte sie.

„Ich kann das alles gar nicht glauben. Wieso ist der Kater jetzt wieder hier?"

„Ich weiß es auch nicht. Vielleicht mag er uns, Bjarne."

„Könnte sein. Übrigens, die Idee mit dem Kneifen finde ich super. Wir bräuchten ja dann gar keinen Wecker mehr. Ich bin ja morgens eh schon immer vor dir wach. Ich könnte dich dann …"

„Wehe, wenn du das machst, Bjarne!", drohte Linda lächelnd.

Bjarne ging zum Staubsauger, steckte den Stecker in die Steckdose und fing an zu saugen. Linda hörte so ein komisches Nebengeräusch. Kam das vom Staubsauger? War er defekt? Seit wann gab der Staubsauger so komische Töne von sich? Linda ging zum Staubsauger und somit auch zu Bjarne. Nun hörte sie es genau. Es war nicht der Staubsauger, der diese Geräusche erzeugte. Es war Bjarne. Bjarne sang. Linda überlegte sich, welches Geräusch anstrengender war, der Staubsauger oder der Gesang. Sie entschied sich für den Staubsauger. Der Sänger sah so niedlich und zufrieden aus, da störte der Gesang nicht so sehr.

8

Der Nobelpreiskandidat

Der Sommer nahte. Wie immer planten Linda und Bjarne ihren Urlaub. Sie wollten wie jedes Jahr verreisen, zweimal, um ganz genau zu sein.

Es war schon schwierig, ein passendes Reiseziel zu finden. Wollten sie ans Meer oder in die Berge? Wahrscheinlich würden die beiden einmal ans Meer und einmal in die Berge fahren. Aber an welchen Ort und wann? Jedes Jahr standen sie vor diesen Fragen. Und dieses Jahr war alles noch schwieriger. Es gab ja Milian. Nicht dass sie ihn mitnehmen wollten. Nein, aber sie würden ihn vermissen, das wussten sie jetzt schon. Und wieder gingen ihnen Fragen, neue Fragen, durch den Kopf.

◆

Und woher bekäme er sein Fressen?
Würde er Mäuse fressen?
Aber immer nur Mäuse.
Was fraß er überhaupt?

◆

Bei einem Discounter kauften sie Trockenfutter. Linda hörte bei diesem Kauf schon wieder die Stimme ihres Vaters. Aber

Milian war ja nicht irgendein Kater. Milian war jetzt ja ihr Kater. Zumindest hoffte sie das. Wo er doch wieder zu ihnen gekommen war. Sie wollte, nein, sie musste davon ausgehen, dass sie jetzt einen Kater hatten.

Als unerfahrene Kater-Besitzerin wusste Linda nicht so richtig, welche Sorte Futter Milian wohl schmecken würde. Es gab ja unendlich viele Sorten. Damit hatte sich Linda bisher überhaupt noch nicht beschäftigt. Warum auch, es hatte ja bisher keinen Kater gegeben, der in ihre Wohnung eingezogen war. Nach einer gefühlt unendlich langen Zeit suchte Linda sich schließlich eine Sorte aus.

◆

Vielleicht mochte er das.
Was hatte er wohl früher gefressen?
War für Milian gekocht worden
oder hatte er vielleicht nur Reste
zu fressen bekommen?
War er am Kamin mit
Leckerli gefüttert worden
oder hatte er sich im Garten von Mäusen
ernähren müssen?

◆

Tausendundeine Frage ging ihnen durch den Kopf. Linda suchte in der Küche nach einer Futterschale für Milian. Sie entschied sich für eine alte Plastikdose. Die müsste wohl gehen. Sie füllte das frisch gekaufte Trockenfutter in diese runde Plastikdose.

◆

Aber sollten sie ihn in der Wohnung füttern
oder draußen?
Nee, drinnen, das ginge nicht.
Sie waren ja nicht immer da.
Also draußen.
Und wie viel fütterte man da?

◆

Linda stellte schließlich den Napf oder besser die Dose mit dem Trockenfutter auf die Terrasse. Es war ja schließlich schon Juni. Vielleicht mochte er das Futter ja gar nicht? Vielleicht zog es ihn auch gleich weiter? Nein, nun war Schluss mit diesen Gedanken, ermahnte sich Linda.

„Bjarne, ich weiß gar nicht, ob Milian das Futter mag", sagte Linda dann doch.

„Er ist doch zu uns zurückgekommen. Er mag uns, Linda. Und vielleicht hat er sich auch überlegt, dass er bleiben möchte. Stell' das Futter hin und warte einfach ab", erwiderte Bjarne ganz sachlich.

„Ich habe das Futter doch schon nach draußen gestellt. Ja, ich schalte jetzt einfach mal mein Gehirn aus. Lass mich mal durch. Ich muss gucken, ob er kommt."

„Ja genau, Linda, warte einfach ab. Wir können da jetzt sowieso nichts machen."

Als Milian kurz danach das Futter auf der Terrasse entdeckte, kam er angerannt. Den Schwanz nach oben gerichtet, die Augen weit aufgerissen. Er freute sich, das erkannten sie. Auch ohne Kenntnisse in der Katzensprache. Er sah einfach so glücklich aus.

Linda und Bjarne hatten für diesen Tag ihre gute Tat vollbracht. Sie standen ebenfalls glücklich und zufrieden an der Terrassentür und schauten ihrem vierpfotigen kleinen Freund beim Fressen zu. Ihm schmeckte es. Nach dem Essen legte sich Milian auf ihre Terrasse. Er wälzte sich von links nach rechts, blinzelte Linda und Bjarne an und begann ganz entspannt, sich zu putzen.

Sie fragten sich, warum sie sich vorher nur so viele Gedanken gemacht hatten.

Da er nun jeden Tag auf der Terrasse sein Trockenfutter bekam und der Urlaub nahte, bekamen Linda und Bjarne mittlerweile ein schlechtes Gewissen. Sie überlegten sich kurz, ob sie ihn vielleicht doch mitnehmen sollten. Aber dazu kannten sie ihn zu wenig. Und sie kannten auch das Verhalten von Katzen zu wenig. Klar hatte mal der eine oder andere in der Familie, bei Bekannten oder Freunden eine Katze. Aber eine eigene Katze, das war denn ja nun schon was anderes. Und in der Wohnung war er auch noch nicht richtig lange. Diesen Gedanken konnten sie wohl verwerfen. Ihre Köpfe rauchten.

◆

Was sollte mit Milian in ihrem
Urlaub passieren?
Was sollte er fressen, wenn sie kein
Futter nachfüllen konnten?
Er verließ sich doch mittlerweile auf sie.
Würde er sich andere Menschen suchen?
Nein, das durfte nicht passieren.
Was sollten sie machen?

◆

Futter für vierzehn Tage auf die Terrasse stellen, das ginge nicht. Es konnte ja regnen oder andere Katzen würden das Futter auffressen. Und wenn Milian schlecht würde und er in ihrem Urlaub erkrankte? Nein, nein, nein, hier mussten sie eine andere Lösung finden. Aber dafür war ja jetzt noch Zeit. Wenn auch nur noch ganz wenig.

Milians Verpflegung war ihnen sehr wichtig, aber sie dachten nicht Tag und Nacht darüber nach.

Linda musste noch fünf Tage arbeiten, dann hatte sie Urlaub. Vorfreude war ja immer noch die schönste Freude.

Bjarne hatte schon zwei Tage vorher frei. Der Countdown fing bei ihm also in drei Tagen an.

Am letzten Arbeitstag kam Linda rechtzeitig nach Hause. Bjarne begrüßte sie. Irgendwie war er aufgedreht. Warum, das wusste Linda noch nicht. Jetzt noch nicht.

Sie schaffte es kaum, ihre Tasche abzustellen und ihre Jacke auszuziehen, ohne dass Bjarne um sie herumstolperte oder herumtänzelte. Na ja, vielleicht konnte man das nicht gerade Tanz nennen. Er bewegte also irgendwie seinen Körper.

„Bjarne, was ist denn mit dir los? Hast du was getrunken?", fragte Linda.

„Nee, habe ich nicht. Ich freue mich nur, dass du endlich da bist", antwortete er.

„So ein Blödsinn", sagte Linda grinsend zu ihm.

Wenn er nun zukünftig immer solche körperlichen Ertüchtigungen erbrächte, wenn sie nach Hause kam, dann könnte man ihn ja mal für einen Tanzkurs für zweibeinige Tanzbären anmelden. Vielleicht sanierte sich so eine Tanzschule. Oder das Dschungelbuch würde nochmals neu verfilmt werden. Sein Tanzstil veranlasste sie zu den merkwürdigsten Ideen.

Sie ging ins Wohnzimmer. Er kam hinterher. Bjarne wurde wie durch ein unsichtbares Band hinter ihr hergezogen. Sie schaute sich zu ihm um, er grinste.

„Was ist denn los?", fragte Linda ihn erneut. Dabei sprach sie jedes Wort ganz langsam und deutlich aus.

Er antwortete nicht. Er grinste nur. Sie ging in Richtung der Terrassentür, um ihren zweiten Mann zu begrüßen. Linda hoffte, dass ihr Fellpaket auf sie warten würde. Doch statt des Katers sah sie ein nobelpreisverdächtiges Objekt.

„Was ist das?", fragte Linda erstaunt.

Das Objekt des Tänzers sah wie folgt aus: Bjarne hatte eine Futtervorrichtung für Milian gebaut. Diese ließ sein ganzes Handwerkerherz aufflammen. Es war eine Auffangschale, die an einer Wand auf der Terrasse stand. Nicht dass diese Schale neu gekauft worden war, nein, so sah sie nun wirklich nicht aus. Eher wie eine Schale, die bis dahin wohlbehütet im Keller gelebt hatte. In dieser Schale stand ein Rohr oder Besenstiel. Es war ein Rohr, das konnte Linda sehen, denn in der Mitte war es hohl. Aber was war in dem Rohr? Linda traute kaum ihren Augen: Katzenfutter – genauer gesagt, Katzentrockenfutter.

Das Grinsen von Bjarne ging bei ihr in schallendes Lachen über. Ganz entscheidend war sicherlich der Winkel, den das Rohr zu der Auffangschale hatte. Ziel dieses Kunstwerkes war es, Milian eine Futterzufuhr in ihrer Abwesenheit zukommen zu lassen.

„Mein Alfred, wie nobel von dir, dieses Objekt für Milian zu bauen", sagte Linda ein ganz klein wenig ironisch.

„Hmh."

Milian kam auf die Terrasse gelaufen, als er sah, dass Linda da war. Mit großen Augen schaute er sich das Bauwerk an. Sein Blick scannte von oben bis unten das Objekt ab. Er begann, an dem Ungetüm zu riechen. Riechen war immer ganz wichtig für Milian. Dann ging er noch dichter heran, machte seine Pfoten krumm und begann zu fressen. Na super – klappte!

Die beiden standen Hände haltend in der Tür und beobachteten ihren kleinen Kater. Wie vorsichtig er aus dieser fast preiswürdigen Schale fraß. Er sah gar nicht aus, als ob er so lieblich fressen könnte. Sie dachten, dass er das Futter nur so runterschlingen würde, wie völlig ausgehungert, und dabei das Konstrukt umwerfen würde. Das machte er nicht. Milian fraß langsam. Er schien ein Genussesser zu sein. Er fraß wie ein kleiner Gentlemankater. Man musste diesen kleinen Kerl einfach lieb haben. Milian eroberte einmal mehr ihr Herz.

Irgendwann legte sich Milian völlig vollgefressen und entspannt auf die Terrasse. Er begann, sich zu putzen. Ein gutes Zeichen. Kein Fremder würde merken, dass Milian erst kurz bei ihnen war. Er benahm sich total heimisch. Es sah wie eine kitschige Idylle aus. Milian strahlte eine Ruhe und Zufriedenheit aus, die ansteckte.

Der Tag war gekommen, Linda und Bjarne fuhren in den Urlaub. Die Taschen und Koffer luden sie morgens in ihr Auto. Geschafft – alles passte hinein. Linda und Bjarne gingen auf die Terrasse und füllten ihre Futteranlage mit leckerem Trockenfutter auf.

Milian schien noch irgendwo zu schlafen. Sie waren fast fertig mit der Bearbeitung ihres nobelpreisverdächtigen Teils, da raschelte es unter den Büschen. Es kamen zwei Pfoten unter dem Busch hervor, dann zwei große Augen, dann der Rest von Milian. Er sah sie und kam auf sie zu. Er sah, dass seine Anlage gefüllt war, und begann zu fressen.

Mit schwerem Herzen verabschiedeten sie sich von ihrem Kater. Sie streichelten ihn über sein Fell. Er schaute kurz von seinem Futternapf hoch, fraß dann aber sofort weiter. Sie schlossen die Terrassentür, verließen die Wohnung und fuhren in den Urlaub.

◆

Ob es Milian wohl gut ginge?
Sonne, Wasser, blau-weißer Himmel.
Zwei Wochen lang.
Schön!
Fast schön – Milian fehlte ihnen!
◆

Zwei Wochen später waren die Urlauber zurück. Sie schlossen die Wohnungstür auf und gingen durch das Wohnzimmer zur Terrasse. Machten die Tür auf. Und was sahen sie? Das Futter war bis auf wenige Krümel weg. Musste ja nichts bedeuten, konnten ja auch andere Hunde und Katzen gefressen haben. Entscheidend war jedoch, dass die nobelpreisverdächtige Konstruktion gehalten hatte. Linda beobachtete Bjarne dabei, wie er seine Konstruktion anschaute. Er wirkte dabei richtig stolz. Es fehlte nur noch, dass er sich wie Tarzan mit den Fäusten auf die Brust schlüge. Ja, Linda musste gestehen, dass dieses Objekt halten würde, hätte sie nicht gedacht. Wenn sie ehrlich war, dann war auch sie schon ziemlich stolz auf ihren Baumeister.

Sie gingen auf die Terrasse. Sie waren gespannt und schauten sich um. Sie hofften natürlich, was ganz Bestimmtes zu sehen. Oder besser etwas ganz Spezielles.

„Milian, wo bist du?", rief Linda leise. Die Nachbarn sollten ja nicht alles mitbekommen.

Es kam aber kein Milian. Sie beugten sich nach vorn – und was sahen sie unter einem der schönen grünen Büsche? Ihren Milian. Völlig entspannt lag er da. Schlafend. Schlafend? Er würde doch wohl nicht? Bitte nicht!

Linda und Bjarne gingen näher heran. Er atmete ganz langsam. Nun merkte auch ihr Kater, dass seine Menschen wieder da waren. Seine Augen öffneten sich. Er streckte sich. Ja, die Katzenneubesitzer hatten schon gelernt, dass Katzen sich immer erst streckten und dehnten, bevor sie aufstanden. Also eine Katzenrückenschule sozusagen. Milian stand auf und kam mit erhobenem Schwanz auf sie zu. Die Ex-Urlauber glaubten, in seinem Gesichtsausdruck ein zufriedenes Lächeln zu erkennen.

Konnten Katzen lächeln? Diese Frage konnte nun ganz eindeutig mit Ja beantwortet werden. Sie streichelten ihren Milian. Alles war so wunderbar in Ordnung in diesem Moment. Linda, Bjarne und Milian fühlten sich wie eine richtige kleine Familie.

9

Zu Hause mit Milian

In der Wohnung begrüßte sie ein Berg ungewaschener Wäsche. Wäsche waschen konnte richtig Spaß bringen, wenn so ein toller Kater in der Nähe war. Das Bügeln ging Linda heute so flott von der Hand. Sie hätte nicht gedacht, dass das alles so gut funktionieren würde. Linda hatte noch nie beim Bügeln so gestrahlt und so laut gesungen.

Linda hatte im Urlaub Geburtstag gehabt. Als Kind hatte sie es toll gefunden, Geburtstag zu haben. Sie hatte Geschenke bekommen und durfte sich feiern lassen. Aber als Erwachsene fand sie Geburtstage reichlich überflüssig. Seit Jahren fuhr sie schon zu ihrem Geburtstag mit Bjarne in den Urlaub. Das hatte nichts damit zu tun, dass sie älter wurde. Sie fand eher, dass Mütter den Geburtstag ihrer Kinder feiern sollten. Mit oder ohne anwesende Kinder. Kinder konnten ja nichts dafür, dass sie geboren wurden. Irgendwann mussten sie ja mal raus. Und dafür verdienten es die Mütter, gefeiert zu werden. Aber Linda glaubte, oder besser, sie wusste, dass sie mit dieser Einstellung ziemlich allein dastand. Vielleicht lag es daran, dass viele Menschen die Geburt noch gar nicht aus diesem Blickwinkel betrachtet hatten. Wie auch immer, das Feiern mit den Eltern blieb ihr aber auch so nicht erspart.

Obwohl – feiern konnte man das nun auch nicht nennen. Die vier Eltern saßen am Tisch. Jeder hatte schon seinen Stammplatz. Sie wusste, wie viel Kaffee jeder trank. Sogar die Gespräche waren immer ähnlich. Bjarnes Geburtstage mit der Familie liefen nahezu identisch ab. Bjarne fand das gut. Sollte er.

Nun war es also morgen wieder so weit, Linda hatte die Familie zu ihrem Geburtstag eingeladen. Hier rief jetzt also richtig viel Arbeit. Aber eigentlich war das total egal. Wichtig war nur, dass sie ihren Kater wieder hatten und er seine Zweibeiner. Und das hoffentlich für immer!

Die Geburtstagsgäste hatte Linda versorgt. Geschenke hatten sie bei ihr abgeladen. Das war auch gut so. Sie räumte das Geschirr ab. Bjarne räumte das Wohnzimmer auf. Es war ja nicht viel Besuch da gewesen. Anstrengend war so eine Familienfütterung nun aber doch.

Nach dem Abwaschen schauten sie mal wieder auf die Terrasse. Das Fellpaket lag ganz entspannt halb unter einem Busch, halb auf dem Rasen und döste in der abendlichen Sonne des Spätfrühlings vor sich hin.

Bjarne machte die Terrassentür auf, Milian stand langsam auf und kam auf Bjarne zu. Ein bisschen streicheln wäre jetzt o. k., dachte sich Milian sicherlich. Er stupste Bjarne an. Bjarne bückte sich und fuhr mit seiner Hand über Milians Fell. Es war schön warm. Milian schnurrte. Bjarne gab nahezu ähnliche Laute von sich. Männer unter sich.

Linda holte die Packung mit dem Trockenfutter aus dem Schrank und füllte den Futternapf wieder auf. Milian schaute sie mit seinen großen Augen an und ging dann zum Futternapf. So oder so ähnlich ging es nun Tag für Tag. Milian wurde immer zutraulicher.

Linda und Bjarne wohnten schon knapp zwei Jahre in dieser Wohnung. In der letzten Zeit hatten sie öfter darüber gesprochen, dass eine größere Wohnung schön wäre. Bjarne las deshalb schon seit einiger Zeit die Wohnungsanzeigen in den Zeitungen ganz intensiv. Die Wohnung sollte größer sein, aber nicht ganz woanders liegen. Die beiden hatten sich so ein paar wichtige Dinge oder Kriterien aufgeschrieben, die die neue Wohnung haben sollte. Also so was wie Keller und Garagenstellplatz. Ganz wichtig war auch eine Bushaltestelle vor der Tür. Bjarne fuhr ja immer mit Bus und Bahn zur Arbeit.

Und eben aus diesem Grund sollte die Wohnung auch so liegen, dass er weiter seine Arbeit in einer akzeptablen Zeit erreichen konnte. Und ganz unten auf der Liste hatten Linda und Bjarne jetzt noch den Namen Milian geschrieben. Milian sollte natürlich mit umziehen. Sie wollten es zumindest versuchen, Milian mitzunehmen. Wie das im Detail funktionieren sollte, darüber hatten sich die Umzugswilligen noch keine weiteren Gedanken gemacht.

Ihre ersten Überlegungen in diese Richtung waren, dass sie Milian vielleicht schon mal an die alte Wohnung gewöhnen sollten. Sie überlegten sich nun also, wie sie es am besten anstellen sollten, ihn an das Wohnungsleben zu gewöhnen. Auf die Idee, sich Bücher zu kaufen, kamen die beiden natürlich nicht. Sie benahmen sich so, als wären sie die ersten Menschen, die mit einem Kater umzögen.

Linda arbeitete freitags ja immer kürzer als die anderen vier Tage. Vielleicht sollten sie es mal riskieren, Milian am Freitagmorgen in der Wohnung zu lassen, dachte sich Linda. Sie wäre dann so gegen 13.30 Uhr wieder im Hause. Dann konnte Milian wieder nach draußen gehen, wenn er wollte. Sie erzählte Bjarne von diesem Gedanken. Bjarne war zuerst davon nicht begeistert, wollte sich die Sache aber mal überlegen. Linda hatte keine Ahnung, wie das nun wieder funktionieren sollte. Bjarne war durch seine Haarfarbe ja ein wenig eingeschränkt in manchen Handlungen. Bjarne wollte sich das durch den Kopf gehen lassen. Naja, Platz hatte ihr blonder Liebling ja ausreichend in dem Bereich oberhalb des Halses.

Linda brachte es Spaß, sich über ihren blonden Mann lustig zu machen. Sie nannte ihn auch gern den Prototyp aller Blondinenwitze.

Es stellte sich die Frage, was sie tun sollte, wenn Milian im Laufe des Vormittags mal auf das Katzenklo musste. So etwas kannte er doch bestimmt nicht. Egal, sie wollten es einfach mal versuchen. Sie dachten über den Besuch des Katzenklos nach und hatten noch nicht mal eins gekauft.

Es war also Freitag. Milian bekam morgens sein Futter. Sie hatten ihn dazu in die Wohnung gelockt. In der Wohnung hatten sie auch einen Futternapf mit Fressen aufgestellt. Milian entdeckte diesen Napf. Er fraß gleich daraus. Puh, alles schien gut zu gehen.

Linda und Bjarne verließen die Wohnung. Vorher hatten sie auf einen Sessel noch eine Decke gelegt. Vielleicht würde Milian gerade da raufspringen. Dann sollte er es auch schön kuschelig haben.

Linda war den ganzen Tag auf der Arbeit schon ein bisschen gespannt, wie die Wohnung wohl aussähe, wenn sie wieder nach Hause kam. Konnte die Unterbringung dann noch Wohnung genannt werden? Jetzt wäre es gut, wenn eine Kamera in der Wohnung installiert wäre. Als sie gerade in diese Gedanken versunken war, klingelte das Telefon.

„Meinst du, dass Milian die Wohnung schon auseinandergenommen hat?", fragte Bjarne.

„Ja, bestimmt, und die Bilder an den Wänden hat er auch schon alle zerkratzt. Ganz zu schweigen von den Tapeten, die nur noch in Fetzen an den Wänden hängen", antwortete Linda ganz bestimmt und grinste vor sich hin.

„Woher weißt du das?", fragte Bjarne erschrocken.

„Ach, Bjarne, du glaubst auch alles."

„Sehr witzig", antwortete Bjarne und legte auf.

Gegen 13.30 Uhr war Linda dann wieder zu Hause. Sie schloss die Tür auf und rechnete mit der totalen Verwüstung. Und was sah sie? Im Flur schien kein Chaos zu sein. Das Futter war ziemlich aufgefressen. Die Türen waren nicht zerkratzt. Die Tapeten hingen auch noch an den Wänden. Aber wo war Milian? Sie schaute sich das Wohnzimmer intensiver an. Und was sah sie? Ihren Kater eingekuschelt in die Decke. Er strahlte sie an.

◆

Süß.
Herzschmelzend.
Einzigartig.

◆

Bjarne kam so gegen 16.00 Uhr nach Hause. Er schaute ins Wohnzimmer und sah, dass Milian und Linda ganz entspannt auf dem Sessel saßen. Linda hatte Bjarne bereits im Treppenhaus gehört und sich deshalb so auf dem Sessel drapiert. Wie in einer Wohnzeitschrift. Fast zumindest. Bjarne begrüßte Linda und Milian. Er lächelte, als er sah, dass alles so wunderbar friedlich war. Ein Familienidyll, das seinesgleichen suchte.

Später machten sie dann die Terrassentür auf. Milian ging raus. Ganz entspannt. Er schien sich endlich heimisch bei seinen Menschen zu fühlen.

Linda wusch Milians Futternapf in der Zwischenzeit aus. Sie überlegte sich, dass sie noch kurz den Küchenfußboden schrubben wollte. Sie füllte einen Plastikeimer mit Wasser und gab noch etwas Putzmittel hinein. Dann nahm sie den Schrubber und putzte die Küche. Irgendwie ganz schön dreckig der Boden. Danach füllte sie den Futternapf mit Futter und stellte ihn in die Küche. Sie rief Milian. Milian hörte sie und kam angerannt. Er sah seinen gefüllten Napf in der Küche stehen, und dann begann er zu rutschen. Die Küche war ja noch etwas feucht vom Wischen. Milian merkte, dass der Untergrund irgendwie anders war. Ja, und da konnte er nicht mehr bremsen. Linda war in der Küche und sah ihren Kater von vorne. Seine Augen waren kugelrund, seine Pfoten waren vor seinem Körper, so als ob er sich streckte. Linda konnte sich das Lachen nicht verkneifen. Milian sah aus wie ein Kater aus einem Zeichentrickfilm. Irgendwie stimmten bei ihm die Proportionen nicht. Ja, und dann landete er mit seiner Nase im Futternapf. Er schien doch ein wenig irritiert von seiner Rutschpartie. Er nahm sein Gesicht aus dem Futternapf, schüttelte sich, schaute kurz Linda an und begann dann zu fressen. Ganz entspannt, wie immer. Diesen Kater konnte wirklich nichts aus der Bahn werfen. Irgendeine Art von Entspannungstraining muss dieser Kater heimlich machen, dachte sich Linda, während sie ihm verträumt beim Futtern zusah.

Langsam wurde es Herbst. Milian war bis dahin nachts immer draußen gewesen. Aber dieses Wochenende wollten Linda und Bjarne mal versuchen, ihn drinnen zu lassen. Mal schauen, ob das jetzt funktionierte.

Sie füllten also wieder die Futter- und Wassernäpfe auf. Als Katzentoilette legten sie wieder einen alten Karton mit etwas Zeitung aus. Sie ließen Milian in die Wohnung. Er legte sich gleich auf seine Decke und schlief. Niedlich. Die beiden waren so stolz auf ihren Kater. Irgendwann gingen sie schlafen.

Am nächsten Morgen standen sie auf. Milian lag immer noch auf seiner Decke. Ganz entspannt, als hätte er nie woanders geschlafen. Es war schon ein wenig komisch, dass sich ein Straßenkater so schnell an ein Sofa gewöhnen konnte. Aber möglicherweise war er ja gar kein Straßenkater gewesen. Nee, jetzt nur nicht wieder diese unendlichen Gedankenspiele, sagte sich Linda.

Nachdem Milian seine Menschen begrüßt hatte, setzten Linda und Bjarne ihren Rundgang fort. Sie schauten ins Katzenklo. Die Zeitung war ein wenig nass.

◆

Aber was roch hier so?
Wo kam dieser Geruch her?
Nein!
◆

Sie schauten sich in der Wohnung um. Bjarne hatte seine Schuhe am Vorabend im

Flur abgestellt. Und genau diese Schuhe, oder besser gesagt ein Schuh, war gefüllt. Und es war kein Nikolaus über Nacht da gewesen. Was konnte es wohl sein?

„Bjarne, komm mal her", rief Linda ganz aufgeregt.

„Nee, das glaube ich jetzt nicht", sagte Bjarne.

Milian hatte sein Geschäft in Bjarnes Schuh verrichtet. Niedlich und gut erzogen war der Kater ja. Linda und Bjarne hatten abends noch befürchtet, der Pappkarton würde durchnässen und der Teppich dann ebenfalls feucht werden und natürlich riechen. Aber der Teppich konnte nun drinnen bleiben. Das Katzenklo war auch noch sauber. Die Schuhe sollten jedoch auf dem schnellsten Weg in den Mülleimer befördert werden.

„Bitte packe die Schuhe noch in eine Plastiktüte", rief Linda Bjarne noch zu, als er bereits auf dem Weg zum Müllcontainer war.

Glücklicherweise waren es keine neuen Schuhe gewesen. Und superteuer waren die auch nicht. Also alles halb so schlimm, wenn da nur nicht der Gestank wäre.

In den folgenden Wochen blieb Milian tagsüber in der Wohnung. Richtig lange. Raus wollte er ja auch nicht mehr. Er suchte sich sein warmes Plätzchen an der Heizung oder auf der sonnigen Fensterbank. Er wusste, wann seine Dosenöffner nach Hause kamen. In sehr kurzer Zeit hatte er sich ihrem Rhythmus angepasst. Ohne Probleme, wie es schien. Ihr Milian schien hochintelligent zu sein. Aber das wussten Linda und Bjarne ja bereits. Sie fühlten sich nur immer wieder bestätigt durch Milians Taten.

10

Milian als Gastgeber

Nun stand mal wieder Weihnachten vor der Tür. Die Familien von Linda und Bjarne kamen zum Feiern. Das bedeutete im Einzelnen, dass Lindas redseliger Vater und Bjarnes plappernde Mutter wieder aufeinandertreffen würden. Von den beiden Gegenstücken dieser Ehepaare würden sie wahrscheinlich wieder wenig zu hören bekommen.

Ihre Eltern waren ja schon so gespannt auf Milian. Linda und Bjarne hatten ihnen natürlich erzählt, dass das große Tier jetzt bei ihnen wohnte. So richtig glauben wollten sie ihnen das aber nicht. Die Eltern hatten Linda und Bjarne bereits telefonisch gefragt, ob sie das wirklich wollten. Berufstätigkeit und Haustier, das war für die Eltern nicht vereinbar.

Sie hatten ihre Eltern zum Mittagessen und zum Kaffeetrinken eingeladen. Aber was machten sie mit Milian? Und was machte Milian mit dem Besuch? Die Gastgeber entschieden sich, Milian einfach da zu lassen, wo er war, oder dahin zu lassen, wo er hinwollte. Wenn Milian nicht da war, dann sähen sie ihn eben dieses Mal nicht.

◆

Würde er nach draußen flüchten,
wenn der Besuch klingelte?
Würde er sich verstecken?
Oder würde er den Besuch angreifen,
weil er sein Revier verteidigen musste?
Hatte Milian Angst vor den
fremden Gesichtern?

◆

Nichts von dem traf zu. Milian begrüßte den Besuch ganz höflich, indem er sich um die Beine von Linda und Bjarne und dann um die Beine ihrer Eltern schlängelte.

Ute, Magda, Jörg und Erich sowie Linda und Bjarne saßen dann an dem Esstisch und aßen zu Mittag. Ihren Erzeugern schien es zu schmecken. Zumindest taten sie so. Erich, Lindas Vater, sagte noch kurz, dass es gut schmeckte. Ja, dann war ja alles in Ordnung.

Nach dem Essen verfrachteten sie ihre Eltern auf das Sofa. Nee, Weihnachten mussten die bei ihren Kindern nicht arbeiten. Nicht mal abwaschen.

Jetzt saßen da also Lindas Eltern neben Bjarnes Eltern und schauten in die Luft. Lindas Vater sagte dann, wie schön die Kinder es sich hier gemacht hätten. Die anderen drei stimmten ihm zu. Es herrschte also alles andere als eine angeregte Kommunikation.

Linda machte sich Gedanken über ihren Vater. Er war ihr heute viel zu ruhig. Und warum war Bjarnes Mutter heute auch so schweigsam?

Aber was machte Milian? Der entspannte Kater schaute sich von unten die Menschen an, die sein Sofa bevölkerten. Er ging zweimal um den Tisch herum und sprang dann mit einem Satz zwischen Bjarnes Eltern. Die beiden saßen völlig sprachlos, also kein Unterschied zu vorher, leicht angewurzelt, atemlos und mit rotem Kopf auf dem Sofa, nur getrennt durch Milian. Milian guckte nach links und rechts, sah die beiden und grinste. Das Grinsen sahen aber nur Linda und Bjarne, denn sie kannten ja ihren Milian.

Nach ein paar Minuten holten Ute und Magda die Geschenke, die bis dahin auf dem Flur gestanden hatten, ins Wohnzimmer. Bjarnes Mutter holte als Letztes ein Geschenk für Milian aus der Tüte. Sie hatte zwei kleine Dosen Futter in Weihnachtsgeschenkpapier eingepackt. Draußen hatte sie dann noch Geschenkband umgewickelt.

„Für Miiiliiaan", sagte Bjarnes Mutter ganz stolz.

Milian war sichtlich überrascht über dieses Geschenk und nahm es gleich in seine Vorderpfoten. Zusammen wickelten sie das Geschenk dann aus. Wahrscheinlich war das Milians erstes richtiges Weihnachtsgeschenk.

Lindas Eltern mussten lachen. Bei Bjarnes Eltern färbte sich der Kopf wieder auf Normalfarbe zurück. Auch wurde ihre Haltung wieder entspannter.

Linda und Bjarne verbrachten ein entspanntes Weihnachtsfest mit ihren Eltern und Milian. An so was hätten sie vor ein paar Monaten bestimmt nicht gedacht. Wie konnte ein kleines Fellknäuel das Leben so verändern? Wie konnte das Auspacken eines Geschenks so aufregend und spannend sein? Bei jungen Eltern war dieses Verhalten ja üblich. Linda und Bjarne fühlten sich eben wie junge Eltern, Katereltern.

Bjarne hatte bisher keine besonders enge Beziehung zu Telefonen gehabt. Normalerweise sagte er, wenn das Telefon bei ihnen klingelte, zu Linda, dass das Telefon klingelte. Den Hörer nahm er nur auf ihre Anweisung ab oder wenn sie mal gerade die Haare wusch oder so was. Bjarne schien eine chronische Abneigung gegen diese moderne Technik zu haben. Komisch war allerdings, dass Linda bei Bjarne auch noch nie Brieftauben gesehen hatte. Wie teilte er sich also anderen Menschen mit? Manchmal war Bjarne für Linda ein echtes Buch mit sieben Siegeln. Was war da in seiner Kindheit verkehrt gelaufen? Wer war bei dieser Telefonhörerabnahmeverweigerung sein Vorbild gewesen?

Aber neuerdings ging er abends an das Telefon, wenn es klingelte. Warum? Es könnte seine Mutter sein, die mit ihm über Milian sprechen wollte. Sie betrachtete Milian wahrscheinlich als Enkelkater. War ja o. k., solange sie nicht mit selbst gestrickten hellblauen Socken ankam.

Linda belauschte und beobachtete die Gespräche. War ja wohl klar. Sie musste ja wissen, was er seiner Mutter über Milian erzählte. Und ob er überhaupt den Telefonhörer richtig hielt. Sie war mächtig stolz auf ihren Bjarne, dass er diesen neuzeitlichen Schnickschnack jetzt zu beherrschen versuchte.

Dieses Weihnachtsfest hatte Ute dazu bewegt, bei ihrem Sohn anzurufen. Bjarne hatte nun keine Angst mehr, den Hörer abzuheben. Weihnachten als Gesprächstherapie – warum nicht?

Linda wusste sowieso nicht, wieso Bjarne und seine Eltern nicht telefonieren mochten. Aber wie es nun aussah, hatte Milian ein wenig die Angst vor dem Telefonieren bei Mutter und Sohn abbauen können. Ihr kleiner Milian war also auch ein Therapiekater.

11

Der Umzug

Kurz nach Weihnachten wollten Linda und Bjarne umziehen. Sie hatten eine neue Wohnung gefunden, nicht weit von der alten entfernt. Abends brachten sie schon den einen oder anderen Gegenstand in die neue Wohnung.

Eine neue Wohnung war ja immer so aufregend. Milian merkte natürlich, dass etwas anders war. Aber er wusste ja, dass er ein Zuhause hatte. Seine Menschen passten immer auf ihn auf, das hatte er auch schon erkannt. Er war eben superschlau, ihr kleiner Kater. Milian war so schlau, dass er sich von den Kartons fernhielt. Wahrscheinlich wusste er, wie es bei seinem letzten Umzug gewesen war. Er lag lieber abseits des Geschehens auf dem Sofa und beobachtete das komische Treiben seiner Menschen von Weitem.

Der Tag des Umzugs war da. Der Möbelwagen kam. Es waren drei Männer, die die gepackten Kartons in den Umzugswagen transportierten. Die Möbel wurden auseinandergeschraubt und auch in den Umzugswagen verfrachtet. Diese Möbelpacker waren unwahrscheinlich leise und sauber.

Das war überraschend. Linda und Bjarne hatten ja keine Vorurteile, aber sie hatten schon so manches über Umzüge und das entsprechende Umzugspersonal gehört.

Die beiden hatten sich schon Wochen vor dem Umzug überlegt, wie das mit Milian so funktionieren sollte.

◆

Ließen sie ihn an diesem Tag raus,
dann käme er vielleicht nicht wieder?
Ließen sie ihn im Wohnzimmer liegen,
dann könnte das ganz schön gefährlich
werden mit den Möbelpackern.
Brachten sie ihn schon morgens
in die neue Wohnung?

◆

Sie entschieden sich dafür, dass Milian diesen Umzugstag im Badezimmer der alten Wohnung verbringen sollte. Sie stellten also das Katzenklo ins Bad, legten noch eine Decke in die Ecke und stellten etwas Futter dazu. Nach heißer Diskussion fanden die beiden, dass Milian einen halben Tag mal so beengt wohnen konnte.

Am Anfang sah er das genauso, er war ruhig. Je länger sein Badezimmeraufenthalt dauerte, desto stärker wurde sein Gemecker. Er wollte raus. Das war ihnen klar. Aber sie ließen ihn so lange in dem Badezimmer, bis die Möbelpacker alles eingeladen hatten. Bis zu diesem Zeitpunkt hatten Linda und Bjarne nicht gewusst, was für ein Schreihals ihr Kater sein konnte. Das war ja fürchterlich. Glücklicherweise hatten sie eine Außenwohnung und ihre Nachbarn, die über ihnen wohnten, waren zur Arbeit.

Es war ein großes Glück, dass keiner von den Möbelpackern mal auf Toilette musste. Es traute sich wahrscheinlich auch keiner in das Badezimmer bei dem Tigergebrüll. Wie konnte ein so kleines Tier so unterschiedliche Laute und Tonarten von sich geben? Wirklich erstaunlich.

Linda und Bjarne besuchten Milian zwischendurch mal in seinem gefliesten Appartement. Davon, entspannt auf seiner Decke zu liegen, war Milian weit entfernt. Er teilte seinen Menschen seinen Unmut über dieses Eingesperrtsein mit. Selbst wenn er meckerte, war er richtig niedlich. Auch jetzt fauchte oder biss er nicht.

Nach der Mittagspause fuhren die Umzugsmänner, Linda und Bjarne in die neue Wohnung. Linda hatte Milian in seine Transportbox verfrachtet.

Er meckerte natürlich auch auf der Fahrt. Zu niedlich, welche Töne und Laute aus ihm rauskamen. Wie ausdauernd er dabei war. Sagenhaft. Aber die beiden bemerkten schon, dass er langsam etwas heiser w

Als die Umzugsleute am späten Nachmittag die Möbel ausgeladen und aufgebaut hatten, verabschiedeten sie sich. Sie bedankten sich für das Trinkgeld, das Bjarne ihnen in die Hand drückte, und fuhren davon. Linda und Bjarne ließen Milian durch die Wohnung laufen. Hier gab es so viel zu entdecken. Alles roch so spannend. Er war richtig aufgeregt und wusste gar nicht, was er zuerst machen sollte. Jeden Raum sah er genauestens an. Er suchte sein Katzenklo. Sie zeigten es ihm. Und er benutzte es gleich. Super. Das klappte schon mal. Sein Futter hatte er bereits auf dem Weg zum Katzenklo entdeckt. Auf dem Rückweg vom Katzenklo ging er dann an seine Futterstelle und fing an zu fressen. Puh, das klappte auch. Milian war also schon angekommen in der neuen Wohnung. Linda und Bjarne mussten sich noch ein wenig an die neue Wohnung gewöhnen. Erst mal mussten sie natürlich die Kartons auspacken.

Alle ihre Befürchtungen der letzten Tage und Wochen waren verflogen. Milian fühlte sich in der neuen Wohnung richtig wohl. Das machte die Zweibeiner so richtig glücklich.

12

Die neue Wohnung

Linda, Bjarne und Milian wohnten jetzt
drei Tage in der neuen Wohnung. Die meisten Kartons hatten sie bereits ausgepackt.
Milian hatte bereits alle Zimmer besucht,
berochen und als gut befunden. Den beiden
Zweibeinern fiel ein Stein vom Herzen. Genau genommen war es ein ganzer Steinbruch. Das war richtig gut gelaufen, fand
Linda. Bjarne sah auch ganz entspannt aus.
Wieso hatten andere Menschen bloß immer
Probleme, wenn sie mit Tieren umzogen,
fragte sich Linda insgeheim.

Linda hatte im Tiergeschäft eine Leine für
Milian gekauft. Eine richtig bunte Leine. Sie
sah aus wie ein Regenbogen. Passte zwar
nicht zu seinem Fell, sah aber so schön fröhlich aus. Sie harmonierte also mit seinem
Wesen. Nicht dass sie jetzt mit ihm spazieren gehen wollten. Nee, das, fanden sie, sah
bei Katzen schon ziemlich albern aus. Die
Leine war dafür da, falls Milian sich doch mal
die Terrasse ansehen wollte. Im Moment
hatte er noch keinen Drang danach, aber
vielleicht kam das ja schneller, als sie dachten. Und wenn er dann auf die Terrasse

möchte, wollten sie natürlich nicht, dass er weglief.

Ein paar Tage später, es war ein Samstag, benahm sich Milian so komisch in der Wohnung.

„Bjarne, komm mal", rief Linda.

Bjarne kam angelaufen.

„Was ist denn?", fragte er.

„Hast du Milian einen neuen Tanz beigebracht?", fragte Linda.

„Wieso?", fragte der Blonde.

Bjarne liebte es, Fragen mit „Wieso?" zu beantworten oder besser, diese Rückfrage zu stellen.

„Na, guck mal, wie Milian sich bewegt", bemerkte Linda.

Als Bjarne nun Milian ansah, kam ihr blondes Herzblatt auf die Idee, dass der Kater vielleicht jetzt doch mal auf die Terrasse wollte. Ja, da konnte Bjarne wohl recht haben. Sie holte die Leine. Milian schaute sie so merkwürdig an. Die Leine war ein Leinengeschirr. Also nicht nur für den Hals, sondern auch für den Bauch. Linda versuchte, Milian die Leine anzulegen. Witzig fand er das nicht. Er war aber so lieb, dass er sich nicht richtig wehrte. Nach ein paar Minuten hatte sie ihre Tat vollbracht. Dabei war Linda richtig warm geworden.

Es war so gegen 14.00 Uhr, als sie die Terrassentür öffnete und mit Milian nach draußen ging. Bjarne schaute ihnen zu. Er legte dabei den Kopf so schräg wie ein Hund, der um Leckerli bettelt. Linda, Bjarne und Milian waren auf der Terrasse. Es dauerte keine zwei Minuten, da riss sich Milian los und lief weg.

◆

Milian war weg.
Er war nicht mehr zu sehen.
Es war so schnell gegangen!

◆

Linda fing an zu schreien. Bjarne stand fassungslos auf der Terrasse. Das konnte doch nicht sein, dass Milian einfach so wegrannte. Das hatte er in der alten Wohnung doch nicht getan. Oder wiederholte sich hier die alte Geschichte und Milian rannte wieder in die alte Wohnung?

Sie machten die Terrassentür zu, damit keiner in die Wohnung käme, und gingen Milian suchen. Völlig unkoordiniert. Linda merkte gar nicht, dass sie die Leine noch in der Hand hielt. Milian war spurlos verschwunden. Das konnte doch nicht sein. Milian war weg. Linda fing an zu weinen. Immer mehr und mehr. Sie ging zurück in die Wohnung. Sie ging ins Schlafzimmer, legte sich auf ihr Bett und weinte. Die Tränen kamen einfach so aus ihr heraus. Sie konnte sie nicht stoppen.

Die Leine war doch so fest. Sie war sich sicher, dass sie die Leine ganz fest angelegt hatte. Fast schon zu fest.

Bjarne kam kurz nach ihr schauen. Er wusste ja nicht, wo sie hingegangen war. Er ging dann aber gleich wieder auf die Terrasse. Einer musste ja aufpassen, falls Milian gleich wiederkäme.

◆

Wie war er da herausgekommen?
Wieso wollte er da raus?
Er war doch sonst immer so
lieb und gewaltfrei.
War der Sehnsucht nach draußen
doch so groß?
War diese Sehnsucht nach Freiheit von Linda
und Bjarne
verkehrt eingeschätzt worden?
Ein Leben ohne Milian.
Nee, das ginge nicht.
Wie sollten sie ihn finden?
Wo konnte er sein?
◆

Bjarne versuchte, Linda zu trösten. Klappte aber nicht so richtig. Er war ja selbst völlig fertig und leer. Stunden vergingen. Linda war nicht fähig aufzustehen. Nicht fähig, etwas zu essen. Selbst trinken war unmöglich.

Bjarne konnte zwar etwas essen, war aber ebenfalls total unruhig. Er rannte zwischen den Zimmern hin und her. Linda wusste, dass Bjarne sie gern trösten wollte. Er wusste aber auch nicht wie.

Irgendwann sagte Bjarne, dass es wohl besser sei, wenn sie jetzt schlafen gingen. O. k., für Linda änderte sich da nicht viel. Sie lag ja eh schon fast den ganzen Tag im Bett. Aber an Schlafen war nun wirklich nicht zu denken.

Bjarne machte noch seinen gewöhnlichen Abendrundgang durch die Wohnung. Schaute, ob alle Fenster geschlossen waren, ob das Licht aus war und ob die Wohnungstür verschlossen war.

Es war so gegen 22.00 Uhr, als Bjarne nochmals ins Wohnzimmer ging und auf die Terrasse schaute. Und was sah er da? Milian! Milian saß auf der Terrasse. Ganz entspannt. Er war wieder da.

Bjarne kam zu Linda ins Schlafzimmer gerannt. Wirklich, Bjarne konnte auch rennen. Nur Kurzstrecke, das verstand sich wohl von selbst. Er stand nun also an ihrem Bett.

„Komm mal schnell mit", sagte er ganz aufgeregt.

„Ich kann nicht. Was ist denn?", fragte Linda verheult und schlapp.

„Na, komm schon."

Gar nicht so einfach aufzustehen, nach diesen verheulten letzten Stunden. Aber sie machte ja doch manchmal das, was Bjarne sagte. Bjarne nahm sie an die Hand und zerrte sie zu der Terrassentür. Linda traute ihren Augen kaum. Ihr Milian war wieder da. Und prompt fing sie wieder an zu weinen. Diesmal waren es Freudentränen.

Sie machte die Tür auf. Milian spazierte herein, als wäre er nie woanders gewesen. Er rannte zu seinem Futternapf. Guckte seine Menschen an, weil der Futternapf nicht gefüllt war. Bjarne lachte. Er ging zum Futterschrank und füllte den Napf auf. Frisches Wasser bekam der Tagesausflügler natürlich auch noch. Milian fraß und trank tiefentspannt wie immer. Die Zweibeiner schauten ihn nur an. Sie hätten nie geglaubt, dass es so schön wäre, einem Kater beim Essen zuzusehen. Sie lagen sich in den Armen. Die letzten Freudentränen wollten noch raus. Milian drehte sich zu seinen Menschen um, als wollte er sagen, dass nun alles wieder gut sei.

Linda und Bjarne bückten sich und streichelten ihren Milian. Dieser genoss es. Langsam legte er sich hin. Erst auf den Bauch. Die verheulten Zweibeiner waren zufrieden. Milian schnurrte. Er liebte es, gestreichelt zu werden. Und was war nun? Milian drehte sich auf die Seite und schnurrte immer lauter. Mittlerweile saßen die beiden auch auf dem Fußboden. Sie konnten Milian unter dem Bauch streicheln. Das war das erste Mal, dass Milian so entspannt gegenüber seinen Menschen war. Für Linda und Bjarne war das ein ganz neues Gefühl, ein ganz neues Erlebnis.

◆

Vier Hände kuschelten mit vier Pfoten.
Harmonie pur.
Wie schön.
Wie beruhigend.
Wie entspannend für alle.

◆

Von dem Tag an wollte der Kater nicht mehr vor die Tür. Er war ja nun Eigentümer diverser Sessel, Teppiche und wärmender Heizungen.

Er nahm sich weiterhin das Recht auf tägliche Kuscheleinheiten. Er forderte diese richtig ein. Wenn die Menschen nicht richtig reagierten, gab er schon mal ein kräftiges Miiaauu von sich. Was für seine Menschen bedeutete, dass sie alles stehen und liegen lassen mussten, weil das Fell einen Kuschelwunsch hatte. Linda und Bjarne ließen gern alles liegen. Warteten sie nicht schon innerlich auf diesen Ruf des Tigers?

13

Einkaufen und Weihnachten

Nachdem sich Milian entschlossen hatte, bei Linda und Bjarne zu bleiben, gingen die beiden nun also los und kauften eine Katzengrundausstattung.

Aber was sollten sie da kaufen? Was brauchte ein Kater? Auf alle Fälle ein richtiges Katzenklo, das waren sie ihren Schuhen schuldig. Bisher hatte Milian ja immer nur einen Pappkarton mit alten Zeitungen gehabt. Ja, und dann brauchte der Kater noch ein oder besser zwei Futternäpfe. Ach ja, und einen Wassernapf. Vielleicht noch was zum Spielen?

Zu Hause angekommen stellten sie alles an seinen Platz. Milian begutachtete die Sachen. Es schien, als nickte er zufrieden bei der Betrachtung von Futter- und Trinknapf. Aber als er die Plüschmaus entdeckte, schaute er seine Menschen schon ein wenig irritiert an. Was sollte das denn? Bjarne warf die Maus in das Wohnzimmer, in der Hoffnung, dass Milian hinterherrennen würde. Milian schaute ihn aber nur fragend an. Linda und Bjarne sahen sich an. Ähnlich wie junge Eltern fanden sie ja alles so niedlich, was Milian machte.

Die neuen Katzenbesitzer waren ja so stolz auf ihren Stubentiger. Und dieser Stubentiger fühlte sich in der Stube sichtlich wohl. Er zeigte weiterhin keinerlei Interesse, auch nur eine Pfote vor die Tür zu setzen.

Auch dieses Jahr stand wieder Weihnachten vor der Tür. Die Wohnung wurde mal wieder von Bjarne stimmungsvoll hergerichtet. Für Milian war das völlig ohne Belang. Er sprang nicht hoch. Er schmiss nichts um, er schnupperte nicht mal an der Dekoration. Wenn das so gut lief, dann konnten Linda und Bjarne sich sogar einen Tannenbaum in die Wohnung stellen. Und so war es dann auch.

Als der Tannenbaum dann endlich aufrecht im Wohnzimmer stand und Bjarne vom Tannenbaumaufstellgemecker schon fast heiser war, schaute sich Milian diesen Baum an. Und was passierte? Gar nichts. Er roch an dem grünen Teil, merkte, dass es pikste, und verschwand.

Der Tannenbaum war nicht so groß, dass er vom Boden bis zur Decke reichte. Bjarne wollte ihn, wie in den letzten Jahren auch, auf einen Hocker stellen. Er legte auf den Hocker eine Decke und stellte dann den Tannenbaum darauf. Jetzt nur noch schmücken und fertig.

Ja, wenn das so einfach wäre. Bjarne brachte die Lichterkette an. Er versuchte es zumindest – zuerst ganz still und entspannt. Wie gesagt, er versuchte es.

„Die Kette hat doch letztes Jahr noch gepasst. War der Baum da kleiner?", fragte Bjarne.

„Weiß ich nicht. Aber so, wie du gebaut bist, schaffst du das schon", antwortete Linda und grinste vor sich hin.

„Nächstes Jahr kaufen wir … aua … Mist … autsch … uns einen Plastikbaum."

„Ja, Bjarne."

Nachdem Bjarne dann den Baum fertig beleuchtet hatte, hängte sie die Kugeln und die anderen Sachen in den Baum. Piken tat der Baum nicht so richtig, dachte sich Linda. Milian schaute ihr zu.

„Milian, nächstes Jahr kannst du das dann schon alleine", sagte Linda liebevoll zu ihrem süßen Kater.

Bjarne hatte sie in der Zwischenzeit zum Müllrausbringen und Auslüften vor die Tür geschickt. Sie wusste, dass Bjarne jedes Jahr meckerte, wenn er den Tannenbaum mit der Lichterkette schmückte. Ein, zwei Stunden, nachdem er die Lichterkette in den Baum gehängt hatte, kam er zu ihr und zeigte seine Hände. Der arme Bjarne hatte wieder lauter rote Punkte auf seinen Händen. Der Mann musste jetzt mal ordentlich bedauert werden. Linda schlug ihm dann vor, sich doch lieber ein wenig hinzulegen.

Vielleicht heilten so diese roten Tannennadelpikser schneller wieder ab. Bjarne fand das Bemuttern durch Linda gar nicht witzig. Linda fand es hingegen richtig lustig und sie hatte auch dieses Jahr, wie auch all die Jahre davor, riesigen Spaß bei ihrer Mutterrolle.

Es war der 24. Dezember und es ging auf den Abend zu. Linda hatte das Abendessen bereits vorbereitet. Es gab wie immer bei ihnen Kartoffelsalat und Würstchen.

Abends fand, wie üblich, der jährliche Geschenkaustausch statt. Geschenke waren ja ganz o. k. Aber immer so gezwungen was kaufen, nur weil Weihnachten war, fand Linda ziemlich albern. Sie machte diese Tradition aber mit. Bjarnes wegen. Als die beiden so beim Auspacken der Geschenke waren, riefen sie Milian. Er würde doch bestimmt Spaß haben, mit dem Papier zu spielen.

◆

Aber wo war Milian?
Er war weg.
Nee, nicht schon wieder!

◆

Sie suchten ihn in der ganzen Wohnung. Er war nicht zu finden. Das konnte doch nicht sein. Sie hatten alle Fenster und Türen geschlossen gehalten. Wo war der Kater? Er reagierte nicht auf ihr Rufen. Er reagierte nicht auf das Rascheln von Papier.

Linda und Bjarne setzten sich auf das Sofa. Sie waren ratlos und wussten nicht, was sie jetzt machen sollten. Linda schaute in Richtung des Tannenbaumes. Ein wenig wie in Trance oder in Gedanken versunken. Dieser Baum sah wirklich gut aus, aber die Decke auf dem Hocker passte nicht richtig dazu, dachte sich Linda. Bjarne hätte da wirklich die andere Decke nehmen können.

Moment mal. Die Decke … Sie stand auf, ging zu der Decke, hob diese an und sah einen Kater ganz entspannt darunter sitzen.

„Bilde ich mir das gerade ein oder grinst du mich an, Milian", sagte sie leicht fragend und ebenfalls grinsend zu ihm.

Am nächsten Tag kam die Familie zu Besuch. Mal wieder. So ein Jahr ging auch wahnsinnig schnell vorbei.

Milian bekam natürlich auch Geschenke. Seine Menschen-Oma, Bjarnes Mutter, krabbelte mit ihm auf dem Fußboden und fragte immer wieder, wo denn ihr Milian sei. Die beiden gaben schon ein ziemlich lustiges Bild ab.

Die Stunden vergingen. Irgendwann kam dann das Gespräch auf den nächsten Urlaub. Ja, das war nun schon schwieriger als sonst. Wenn sie ganz ehrlich waren, hatten die beiden darüber noch gar nicht nachgedacht. Milian füllte ihre Tage in der letzten Zeit so aus, da war kein Platz mehr für andere Gedanken. Und mit einem Tier war man doch nicht mehr so frei in der Urlaubswahl. Einen Hund konnte man ja noch mitnehmen, aber eine Katze? Das ging nun wirklich nicht.

◆

Was sollte mit Milian passieren,
wenn sie nicht da waren?
Mitnehmen?
Nein, das ginge ja nicht.
Ihn wieder vor die Tür setzen und die
Futteranlage wieder aufbauen?
Auch keine so richtig gute Idee.
Sie konnten ihn auch einfach in der
Wohnung lassen und die Nachbarn bitten,
ihn zu füttern?
Aber das Katzenklo leeren,
das konnte man ja wohl keinem anderen
zumuten.

◆

Dann meldete sich Milians Menschen-Oma zu Wort. Der Kater könnte doch im Urlaub zu ihnen kommen. Sie hätten ja Zeit und genügend Platz. Klang eigentlich ganz gut. Damit hatten sie nun überhaupt nicht gerechnet. So richtig vorstellen konnten sich Linda und Bjarne aber nicht, wie das praktisch funktionieren sollte.

O. k., sie würden dann das Körbchen und das Katzenklo mitbringen. Ausreichend Trocken- und Dosenfutter würden Linda und Bjarne natürlich auch besorgen. Auch Katzenstreu würden sie dann mitliefern. Und das Wichtigste für Milian waren seine Leckerli. Auf die sollte er natürlich auch nicht verzichten.

Linda und Bjarne wollten es versuchen und stimmten dem Vorschlag von Bjarnes Mutter dankend zu.

Milian würde also im Juni zu seinem ersten Urlaub aufbrechen. Die Zweibeiner waren so aufgeregt.

Drei Tage, bevor sie Milian zu seinen Menschen-Großeltern bringen wollten, rief Bjarnes Mutter bei ihnen an.

„Du, Bjarne, ich habe heute zufällig ein günstiges Katzenklo gesehen. Das habe ich dann gleich gekauft", sagte Bjarnes Mutter freudig erregt am Telefon.

„Das musst du doch …", war Bjarnes versuchte Antwort.

„Ja, und Leckerli habe ich auch schon gekauft. Ihr habt doch gesagt, dass er diese kleinen runden in der roten Packung am liebsten frisst. Die gab's hier gerade im Angebot. Vater hat davon gleich welche geholt. Auf dem Nachhauseweg kommt er ja eh an dem Laden vorbei. Ihr braucht diese Sachen jetzt nicht mehr mitbringen", sprudelte es weiter aus ihr heraus.

„O. k., dann wissen wir Bescheid. Ihr sollt doch aber nicht so viel Geld ausgeben. Es wäre kein Problem für uns, die Sachen mitzubringen. Wirklich nicht", war Bjarnes Antwort.

„Es gibt ja so viele Sorten Leckerli. In Rind und in Sternchenform. Ich habe auch Stangen gesehen. Wisst ihr, was Katzenminze ist? Stand auf einer Packung drauf. Hab' ich auch mal gekauft", sagte Ute.

„Ja, danke", war Bjarnes kurze Antwort.

So hatte er seine Mutter noch nie erlebt. Die war ja völlig durcheinander und hörte überhaupt nicht mehr zu, was er sagte.

„Du, Linda, meine Mutter ist im Einkaufswahn. Die hat schon den halben Laden leergekauft. Nur Katzenleckerli und so. So kenne ich sie ja gar nicht", sagte Bjarne völlig entgeistert.

Na, das kann ja heiter werden, dachte Linda. Wenn Bjarnes Mutter jetzt jeden Tag über ihre Einkäufe berichtete.

„Aber solange sie nicht anruft und sagt, dass sie alles schon selbst probiert hat, geht das ja noch", sagte Bjarne leicht grinsend zu Linda.

Linda und Bjarne schauten sich an. Sie hielten eine Sekunde die Luft an. Danach brachen sie in schallendes Gelächter aus.

14

Zwei echte Kerle

Linda und Bjarne hatten ihre Wohnung schon ganz gemütlich eingerichtet. Nur die Küche war noch nicht ganz nach ihren Vorstellungen. Die Einbauküche war ziemlich alt, so geschätzte zwanzig Jahre. Und sie war aus Holz.

Linda und Bjarne wollten eine hellere Küche. Nicht unbedingt weiß, aber heller und moderner als diese Holzküche sollte sie schon sein.

Sie hatten sich in einem Fachgeschäft schon mal über neue Küchen informiert. Eine leicht gemusterte Oberfläche sollten die Schränke und Arbeitsflächen haben, so sah man mögliche Krümel nicht gleich.

Sie bestellten ihre Wunschküche. Natürlich war die Lieferzeit lang. Für Lindas Verhältnisse und Ansprüche sogar sehr lang. Elf Wochen sollten sie auf die neue Küche warten.

Zwei Wochen vor dem Liefer- und Einbautermin begannen Linda und Bjarne damit, die alte Einbauküche abzubauen. Sie kamen gut voran.

Linda und Bjarne hatten Lindas Vater gebeten, eine Woche vor dem vereinbarten Einbautermin die Küche zu fliesen. Linda wusste, dass ihr Vater das gern machen würde.

Linda hatte ihrem Vater bei ihrem letzten Besuch bereits den Schlüssel für die Wohnung gegeben.

Sie hatte mit ihrem Vater verabredet, dass er am Dienstag, gleich morgens, in die Wohnung kommen und die Küche fliesen würde.

Es war 14.00 Uhr. Linda saß an ihrem Arbeitsplatz, als das Telefon klingelte.

„Der Kater ist weg", sagte eine Stimme am anderen Ende der Leitung.

„Hast du die Türen nicht geschlossen?", fragte Linda mit aufgeregter Stimme.

„Doch, das habe ich", antwortete ihr Vater, dessen Stimme zitterte.

„Hast du alle Zimmer durchsucht? Hast du unter das Bett geschaut?", fragte Linda ihren Vater.

„Ja", klang es aus dem Telefonhörer. Dann war das Gespräch beendet.

Zehn Minuten später klingelte das Telefon erneut. Linda nahm den Hörer hoch.

„Ich habe noch mal hinter dem Fernsehschrank gesucht. Da war Milian aber auch nicht. Linda, er ist weg!" sagte ihr Vater mit völlig aufgelöster Stimme.

„Ich frag mal, ob ich gleich Feierabend machen kann. Ich komm dann gleich zu euch", sagte Linda.

Lindas Chef ließ sie früher gehen. Auf der Nachhausefahrt im Auto überlegte sie, wo Milian wohl stecken könnte. Einen klaren Gedanken konnte sie aber nicht fassen. Ihr kleiner Kater konnte doch nicht schon wieder verschwunden sein. Das hielte sie nicht aus.

„Wie viele rote Ampeln gibt es denn in dieser Stadt", schrie Linda lautstark.

Es antwortete ihr keiner.

Linda hatte Bjarne nicht angerufen. Der hätte sich dann wieder so viele Sorgen gemacht. Wahrscheinlich hätte er wieder Dutzende Male zu Linda gesagt, dass sie doch vorsichtig fahren solle unter diesen Umständen. Linda war in keinen Umständen. Das wüsste sie aber ganz genau. Bjarne wusste, dass er sie mit dieser Aussage ärgern konnte. Er hatte Spaß daran.

Linda musste einmal quer durch die ganze Stadt fahren. Sie wohnte im Osten der Stadt. Ihr Arbeitsplatz lag im Westen. In der Mitte gab es aber immer zahlreiche Staus, Baustellen und andere Hindernisse, mit denen man die Autofahrer so richtig schön ärgern konnte. Diese Stadt war in dieser Beziehung sehr kreativ.

Linda hatte zu diesem Zeitpunkt noch kein Handy. Und Smartphones gab es noch nicht. Sie konnte also nicht aus dem Auto ihren Vater anrufen.

Sie bog in ihre Straße ein. Sie hatte es geschafft. Nur noch ein paar Stufen, dann würde sie wissen, was mit Milian war. Das hoffte sie zumindest.

Sie schloss mit zitternder Hand die Wohnungstür auf. Normalerweise kam Milian ihr immer gleich entgegen und begrüßte sie. Diesmal war das nicht so. Kein Fellknäuel scheuerte sich an ihren Beinen. Ihre Knie wurden weich. Dass sie mit so weichen Beinen noch laufen konnte, war schon ein Phänomen. Sie rief ihren Vater. Eine Antwort bekam sie nicht. Sie ging in das Wohnzimmer. Ihr liefen die Tränen über das Gesicht.

„Was macht ihr denn da?", fragte sie heulend.

„Wir machen einen Kerle-Nachmittag", sagte ihr Vater und hielt Milian ganz fest im Arm.

„Kerle-Na-hach-mit-tag", sagte Linda. Dann ging sie zu den beiden, umarmte sie und musste kräftig weinen. Hatte sie da vielleicht so ein kleines Schmunzeln in Milians Gesicht gesehen?

Milian sprang vom Schoß seines Menschen-Opas und rannte zu ihr.

„Wo war er?", fragte Linda.

„Im Kleiderschrank", antwortete ihr Vater, „er hatte sich da wohl versteckt. Ich hatte dann die Tür zugemacht. Kurz bevor du gekommen bist, hörte ich dann ein zartes Miau. Ich ging ins Schlafzimmer, öffnete den Schrank, na ja, den Rest kennst du ja."

„Männer!", sagte Linda mit Freudentränen im Gesicht.

15

Milian und der Urlaub

Und fünf Monate später saßen Milian und Linda im Auto. Sie fuhren zu seinen Menschen-Großeltern. Milian kannte es bereits, mit dem Auto zu fahren. Sie waren ja schon ein paarmal mit ihm beim Tierarzt gewesen. Gleich am Anfang, als sie in die neue Wohnung gezogen waren. War aber alles in Ordnung. Der Tierarzt hatte ihn damals auf sechs Jahre geschätzt. Ja, und ungefähr ein Jahr später saß er nun also in seiner Box und fuhr in den Urlaub.

Ob das ein richtiger Urlaub würde, das wussten Linda und Bjarne natürlich überhaupt nicht. Sie hatten keinen blassen Schimmer, wie Milian sich in der neuen Umgebung verhalten würde. Aber der Start war schon mal gut, Milian ließ sich ganz einfach in seine Reisetransportbox setzen. Glücklicherweise gab es da keine Probleme oder Kratzattacken, so wie das manch andere Katzen machten.

Linda fuhr nun also mit Milian von einem Stadtteil in einen anderen. Und da sie den Feierabendstadtverkehr vermeiden wollte, fuhr sie aus der Stadt heraus, übers Land und dann wieder in die Stadt hinein. Das dauerte normalerweise genauso lange, wie wenn sie durch die Stadt führe. Das Fahren war aber wesentlich entspannter. Das lag daran, dass sich wenige Autofahrer für diese Landpartie entschieden und dass es auf dieser Strecke nur wenige Ampeln gab.

Das Dumme an der Geschichte war allerdings, dass Linda sich verfuhr. Milian und sie fuhren nun mehr als eine Stunde mit dem Auto. Die Straßen waren sehr uneben und Milian kommentierte jeden Hoppel. Nach 45 Minuten war er dann doch ein wenig heiser. Linda auch. Sie redete oder besser unterhielt sich ja die ganze Fahrt mit Milian.

„Ja, Milian, wir sind gleich da", sagte sie als Beruhigung in der ersten Fahrtphase.

„Oh, Mi-li-an, sei doch mal ruhig", war ihr Kommentar zu Milians Gemecker in der zweiten Fahrtphase.

„Selber schuld, Milian, dass du jetzt heiser bist. Leg dich einfach hin und halte die Klappe", sagte sie genervt in der dritten Fahrtphase.

Bjarne war direkt von der Arbeit zu seinen Eltern gefahren. Er wollte natürlich sehen, wie sich sein Kater dort verhielte. Aber viel mehr interessierte es ihn, wie seine Mutter reagierte, wenn der Kater in ihrer Wohnung frei herumlief.

Würde sie wieder auf allen vieren mit Milian krabbeln?

Linda musste nur noch einen Parkplatz suchen. Bei Bjarnes Eltern war es immer wahnsinnig schwer, einen Parkplatz zu finden. Es wohnten dort einfach zu viele Leute. Jeder dieser Leute schien da mehrere Autos zu besitzen. Sie hatte aber Glück und fand einen Parkplatz. Und dieser lag ganz in der Nähe von Bjarnes Eltern. Glück gehabt, dachte sie.

Sie stieg aus. In diesem Moment sah sie schon, wie Bjarne und seine Eltern auf sie zukamen. Da fehlte nur noch so eine Windmaschine, wie sie die im Fernsehen immer hatten, ein Mikrofon und schon könnten die ein Terzett bilden und singen, dachte sich Linda, als sie die drei Neugierigen auf sich zukommen sah.

„Wir haben dich schon vom Fenster aus beobachtet", sagte Bjarnes Vater.

Linda holte Milian mit seiner Box aus dem Auto.

„Hallo Linda", sagte Bjarnes Mutter.

„Hallo Ute", sagte Linda.

„Da ist ja meiein Milliaaan", kam es aus Bjarnes Mutter herausgesprudelt.

Futter und Körbchen verteilte Linda auf die drei Packesel. Sie trug ihren Kater. Alle vier gingen in die Wohnung.

Linda stellte die Box mit Milian ins Wohnzimmer. Bjarne und seine Eltern schauten zu, wie sie den Deckel öffnete. Alle sahen die großen grünen Augen von Milian. Er sprang aus seiner Box heraus. Dieser Kater war überhaupt nicht ängstlich. Er beschnüffelte erst mal die Wohnung. Schien alles in Ordnung zu sein. Die Futternäpfe hatte seine Menschen-Oma natürlich schon gefüllt.

Bjarnes Mutter hatte eine eigenartige Sprache entwickelt, wenn sie mit Milian redete. Es war so ein Gemisch aus Babysprache und Krankenhausbesuchersprache. Sie sagte nicht: „Hallo Milian, hast du Hunger?" Sie sagte so etwas wie: „Hallo meiein Miliaan, hast du jetzt Hunngaar?" Dabei nahm sie meistens noch eine leicht nach vorne gebeugte Körperhaltung ein. So ein Zwischending zwischen Aufrechtgehen und Babys erste Krabbelversuche. Bisher waren Linda und Bjarne diese Sprachbegabung und diese neue Yogaform noch gar nicht aufgefallen. Echt lustig, Bjarnes Mama.

Linda hoffte nur, dass Bjarne in diesem Fall die Gene seines Vaters geerbt hatte. O. k., er würde dann zukünftig nicht mehr so viel sprechen. War aber immer noch besser als diese merkwürdig gekrümmte Haltung. War ja auch nicht gut für den Rücken.

Milian und seine Menschen-Oma verschwanden also im Badezimmer. Sie zeigte dem Fellknäuel wohl, wo das Futter stand. Bjarnes Vater, Bjarne und Linda saßen derweil im Wohnzimmer und hörten nur diese fremdsprachigen Laute. Linda glaubte, dass

Bjarnes Vater noch gar nicht wusste, was in den nächsten Wochen auf ihn zukäme. Das geringste Übel war wohl, dass er abgemeldet wäre. Na ja, wer konnte schon mit einem Kater mithalten?

Die beiden kamen gar nicht mehr aus dem Bad zurück. Sie zeigte ihm doch wohl nicht, wie er das Katzenklo zu benutzen hatte? Bei dem ausgesprochenen Gedanken fingen die drei Sofasitzer herzlich an zu lachen. Und genau in diesem Moment kam Bjarnes Mutter ins Wohnzimmer. Als Erstes fragte sie, warum sie so lachten. Sie lachten weiter, gaben aber keine Antwort. Sie schaute sie leicht verwirrt an.

Milian schaute sich im Wohnzimmer um. Er begutachtete es sozusagen. Er schien noch seinem Lieblingsplatz für die nächsten Wochen zu suchen. Milian schnupperte und guckte. Die Zweibeiner gingen in der Zwischenzeit ins Esszimmer zum Kaffeetrinken.

Als sie zurück ins Wohnzimmer kamen, lag Milian entspannt auf dem Fußboden auf einer Decke. Er hatte einen ganz lieben, verträumten Gesichtsausdruck.

Linda und Bjarne verabschiedeten sich von Bjarnes Eltern und von Milian und gingen zum Auto. Im Auto sitzend war den beiden schon ein wenig übel. Sie wussten ja nicht, wie sich Milian verhielte, wenn sie nicht mehr da waren. Was er so machte in der fremden Wohnung. Und wie würden Bjarnes Eltern mit Milian umgehen? Sie kannten diesen süßen Kater ja nur von den Besuchen bei Linda und Bjarne. Ein Tier von morgens bis abends zu betreuen und für dieses verantwortlich zu sein, war aber schon etwas anderes.

Am nächsten Tag fuhren sie in den Urlaub. Aus dem Urlaub riefen sie fast täglich bei Milian an. Es sei alles in Ordnung, bekamen sie zu hören. Das hatten Linda und Bjarne nicht erwartet. Eltern sagten aber nicht immer die Wahrheit, das wussten die beiden ja aus Erfahrung.

Nach dem Urlaub fuhren sie sofort zu Milian und natürlich auch zu Bjarnes Eltern. Es schien, als wäre wirklich alles in Ordnung. Dieser Kater war eben einmalig.

Milian hatte seinen ersten Urlaub bei seinen Menschen-Großeltern gut überstanden. Bjarnes Eltern sahen optisch auch noch ziemlich gut aus. Linda und Bjarne sahen keine offenen Wunden oder andere Verbände. Die Tapeten in der Wohnung waren noch komplett an den Wänden. Rote Spritzer waren auch nirgends zu entdecken. Linda und Bjarne waren froh darüber, dass alles so problemlos abgelaufen war in den letzten Wochen. Unter dieser Voraussetzung konnten sie jetzt ganz entspannt die nächsten Urlaube planen.

16

Milian und seine Menschen-Großeltern

Milian fuhr nun regelmäßig zu seinen Menschen-Großeltern in den Urlaub. Natürlich chauffierten seine Menschen den Gentlemankater. Er merkte immer schon ein paar Tage vorher, dass wieder eine Reise anstand. Er beschnupperte dann die Reisetaschen und Koffer, die bereits von Bjarne aus dem Keller geholt wurden und nun in der Wohnung standen. Linda und Bjarne versuchten zwar immer, diese irgendwo zu platzieren, wo er sie nicht sehen konnte. Milian, die kleine Schnüffelnase, war aber so schlau und fand die Koffer und Taschen immer.

Sie waren zwar ein wenig genervt, weil Milian immer alles fand, was er nicht finden oder sehen sollte. Sie waren aber auch total stolz auf das Fellmonster, weil er ja so schlau war.

Wenn Linda und Bjarne zu Bjarnes Eltern fuhren, um Milian abzugeben, blieben sie entweder zum Kaffee oder sie aßen gemeinsam zu Abend. Das war davon abhängig, wann sie Milian zu seinen Pensionswirtsleuten brachten. Und dieses war wiederum von ihrer Arbeit abhängig.

Milian fand es im Auto schon ganz o. k., solange die Straßen schön eben waren. Alle anderen Straßenverhältnisse kommentierte er ausgiebig. Linda wusste gar nicht, wer diesen Kater so verwöhnt hatte. Vielleicht hätte sie mit Milian schon mal Auto fahren trainieren sollen. Möglicherweise hätte sie dazu so eine Babywippe nehmen sollen. Na egal, war in diesem Moment sowieso zu spät.

Als die drei in die Wohnung kamen, um Milian mal wieder abzugeben, empfing sie Bjarnes Mutter mit diesem grinsenden Blick, schräg gelegtem Kopf und schon leicht gebeugter Haltung. Bjarnes Vater stand nur da und sagte Guten Tag.

„Ich habe neue Leckerli gekauft", sagte Bjarnes Mutter ganz aufgeregt, „darf er jetzt ein paar davon haben?"

„Ja, natürlich", antwortete Linda.

Was sollte die Frage, dachte sie. Bjarnes Mutter stand ja sowieso schon mit der Tüte in der Hand vor ihr.

Milian hörte schon das Knistern der Tüte.

„Miliaaaan, komm maaal heeheer", rief Bjarnes Mutter, so wie nur Norddeutsche sprechen können.

Dabei hatte Milian sich schon von der anderen Seite an sie herangeschlichen. Jetzt krabbelten beide auf dem Boden herum. Sah zu lustig aus. Linda glaubte, Bjarnes Vater erkannte seine Frau gerade nicht wieder. Dass die noch so beweglich war, überraschte ihn wohl sehr, wo sie es sonst doch immer mit dem Rücken hatte.

Nach zwei Stunden machten sie sich wieder auf den Weg nach Hause. Das war bei dieser Ablieferung von Milian, wie auch bei allen vorherigen Ablieferungen, ziemlich gleich. Sie verabschiedeten sich von Bjarnes Eltern und ihrem Kater. Dieser Abschied war jedes Mal wieder schwer für die beiden. Jeder Tag ohne ihren Milian war ein verlorener Tag. Aber sie wussten ja mittlerweile, dass er in guten Händen war.

Aus dem Urlaub riefen sie wie üblich bei Bjarnes Eltern an.

„Hallo, ich bin's", sagte Bjarne in das Telefon.

„Geht's euch gut?", fragte Bjarnes Mutter. „Ist alles …?"

„Ja, hier ist alles o. k. Nee, Milian ist ja sooo lieb."

„Dann ist ja …"

„Lasst uns mal wieder Schluss machen, das wird sonst zu teuer. Tschüss und noch einen schönen Urlaub."

„Tschüss, grüß …", sagte Bjarne und wollte noch Milian und seinen Vater grüßen lassen. Seine Mutter hatte da aber schon aufgelegt.

„Ich verstehe meine Mutter nicht, Linda. Ich habe doch angerufen. Wieso wird das zu teuer?", sagte Bjarne ungläubig und mit leicht wackeligem Kopf.

„Ach Bjarne, das macht sie doch immer. Die muss halt so verbraucht werden", antwortete Linda grinsend und guckte dabei ihren Bjarne an. Sein Kopf wackelte immer noch. Bjarne sah so ein wenig aus wie die Hunde, die gern mal hinten auf der Hutablage im Auto standen.

So richtig glauben konnten sie es aber nicht, dass Milian nichts angestellt hatte. Milian war zwar immer lieb, aber er hatte manchmal auch so kleine Aussetzer.

So ungefähr zweimal im Jahr wartete Milian, dass Linda an ihm vorbeiging, um ihr dann mit seiner Pfote einen kleinen Hieb auf ihr Bein zu geben. Sie wusste nicht, warum er dies machte. Sie glaubte, er musste zeigen, dass er noch ein richtiger Kater war. Er verletzte sie damit nicht. Dafür war er dann doch zu lieb. Linda und Bjarne hofften, dass er das nicht bei seinen Menschen-Großeltern machte.

Milian liebte es, bei Bjarnes Eltern auf der Fensterbank im Wohnzimmer zu sitzen und die Menschen auf der Straße zu beobachten. Bei seinem ersten Besuch hatte auf der Fensterbank noch eine Anzahl von Blumentöpfen gestanden. Milian hatte seinen Menschen-Großeltern verständlich erklärt, dass er da sitzen möchte. Bei den nächsten Besuchen war dieser Platz beim Eintreffen von Milian entsprechend geräumt. Milian hatte die beiden bereits gut im Griff.

Samstags war in der Nähe von Milians Ferienwohnung immer Wochenmarkt. Es liefen Hunderte von Kunden zu diesem Markt. Im Laufe der Zeit hatten viele von ihnen Milian im Fenster entdeckt. Bjarnes Mutter sagte, dass eine Anzahl von Passanten und Nachbarn stehen blieb, um Milian anzusehen. Viele kannten Bjarnes Eltern und sprachen diese auf Milian an. Sie fanden ihn ja alle so niedlich. Und sie hatten ja alle so recht.

Milian ließ es sich immer so richtig gut gehen, wenn er im Urlaub war. Seine Menschen-Großeltern kuschelten mit ihm, wenn er es wollte, sie verstanden, wenn er Hunger hatte, und sie waren geschult in der regelmäßigen Ausgabe von Leckerli. Anders als Linda und Bjarne waren die Eltern fast den ganzen Tag zu Hause, da Bjarnes Vater mittlerweile auch im Ruhestand war.

Bjarnes Mutter entwickelte sich zu einer guten Kundin in Tiergeschäften. Linda und Bjarne brachten natürlich immer ausreichend Dosenfutter sowie Trockenfutter für

Milian mit. Milians Menschen-Oma entwickelte, wie auch Großmütter von zweibeinigen
Wesen, so eine Extrakaufmentalität. Vielleicht mochte er das ja auch, war ihre Devi-
se. Und Milian mochte fast alles.

Als Linda und Bjarne Milian aus dem Ur-
laub wieder abholen wollten, sagte Bjarnes
Mutter, dass natürlich alles o. k. war. Der
Kater war ja immer nur lieb.

Dass Milian aber auch ein kleiner Fisch-
dieb war, wollte Bjarnes Mutter verheimli-
chen. Irgendwann rutschte ihr dann doch
die Bemerkung raus, dass Milian ein Stück
Hering von ihrem Teller geklaut hatte. Sie
hatte sich den Fisch bereits auf ihren Teller
gelegt und war kurz noch mal aus der Küche
herausgegangen. Als sie wiederkam, war
außer einem leeren Teller nichts zu sehen.
Sie war dem Duft gefolgt und hatte Milian
dann in einer Ecke im Flur gefunden, den
Fisch genüsslich essend.

Linda und Bjarne mochten gar nicht wissen, was Milian noch so anstellte, wenn er
bei seinen Menschen-Großeltern war.

Wenn Linda und Bjarne ihren kleinen
Liebling nach seinem Urlaub wieder abholen
wollten, hatte Milian sich ein bestimmtes
Ritual ausgedacht. Er begrüßte seine Zweibeiner immer ganz freudig. Die Ex-Urlauber
tranken meistens mit Bjarnes Eltern noch

eine Tasse Kaffee und aßen ein Stück Kuchen. Also so ähnlich wie beim Hinbringen von Milian.

Linda aß gern Kuchen, das wusste Bjarnes Mutter auch und kaufte deshalb für sie ein zweites, drittes … Stück Kuchen. In der Nähe von Bjarnes Eltern hatte vor ein paar Monaten eine neue Bäckerei eröffnet. Diese backte immer ziemlich große Brötchen und Brote. Aber auch die Kuchen, die dieser Bäckermeister herstellte, waren wesentlich größer als die anderen Kuchen, die es sonst in dieser Gegend gab. Und teuer waren die auch nicht. Die Brötchen und die Kuchen waren auch ziemlich lecker. Allerdings überlegte sich Linda, ob der Bäcker da wohl mit irgendwelchen Zusatzstoffen arbeitete, die die Teige so aufgehen ließen. Na ja, aber alle paar Monate mal so einen Kuchen von diesem Bäcker zu essen, konnte dann wohl auch nicht schaden.

Nach dem Kaffeetrinken holte Bjarnes Mutter dann meistens die Transportbox. Und das war der Moment, in dem Milian hinter das Sofa rannte. Er quetschte sich sozusagen hinter das an der Wand stehende Sofa.

Die ersten Male hatte er noch auf Rufen reagiert und war herausgekommen. Darauf hörte er später aber nicht mehr. Bjarnes Mutter holte jetzt immer einen Wanderstock heraus. Sie schoben dann das Sofa von der

Wand und versuchten mit dem Stock, Milian zu bewegen, hinter dem Sofa hervorzukommen. Er hatte scheinbar einen großen Spaß, genau dies nicht zu tun. Bjarnes Vater sagte höchstens mal, wo der Kater gerade steckte. Als ob Bjarnes Mutter das nicht selbst sehen würde. Linda fing ihren Milian dann irgendwann. Er kuschelte sich dann in ihre Arme und grinste sich in die Barthaare. Die Frage war jetzt, ob sich Milian fangen ließ, weil er keine Lust mehr hatte, sich zu verstecken, oder weil er keine Lust mehr hatte, seine Menschen zu ärgern. Diese Frage würde wohl immer unbeantwortet bleiben.

Bei dieser Fangaktion wurden nur Bjarnes Mutter und Linda aktiv. Die beiden Herren hielten sich hier sehr zurück. Hatten die beiden männlichen Wesen Angst vor diesem Plüschtier mit Motor? Das konnte ja nun wirklich nicht sein. Oder dachten sie, dass Kinder und Tiere die Angelegenheiten von Frauen waren?

17

Die Stelle am Mund und die Katze in der Box

Linda und Bjarne genossen die Zeit mit ihrem Kater. Er forderte sie gern mal zum Spielen auf. Nicht immer. Er war doch ein echter Kerl. Und ein echter Kerl spielte doch nicht wie ein Katzenmädchen. Und schon gar nicht, wenn die Menschen es wollten. Wenn er aber mit seiner Feder spielte, dann spielte er richtig. Er sprang und drehte sich in der Luft. Niedlich, wie er das machte. Wie gelenkig er war. Wahrscheinlich machte er nebenbei noch irgendwelche Dehnübungen, tagsüber, wenn Linda und Bjarne arbeiteten. Bei einem seiner kleinen Salti landete er so komisch, dass sie ihn seitlich von unten sahen.

Was hatte er denn da an der Unterlippe? Sah aus wie ein kleiner Pickel. Die Fellknäuelbesitzer wollten das mal im Auge behalten. Mal schauen, ob die kleine Stelle wuchs. Es ging Milian nicht schlecht, obwohl dieser Pickel langsam wuchs. Er sah nicht aus wie ein Menschenpickel.

Linda und Bjarne überlegten sich, dass es wohl besser wäre, mit Milian zum Arzt zu gehen. O. k., Linda hatte Bjarne zu diesem Denk- und Entscheidungsprozess mehr als überreden müssen. Bjarne war meistens der Ansicht, dass Sachen, die allein gekommen waren, auch allein wieder weggingen. Bjarne sagte auch, dass Ärzte ja nur Geld verdienen wollten. Linda überzeugte Bjarne aber dann doch, dass Milian nicht wie Menschen selbst entscheiden konnte, ob er zum Arzt ginge oder nicht. Sie erklärte ihrem Blonden, dass sie sich für Milian entschieden hatten und somit auch für ihn sorgen müssten. Na ja, das hatte dann auch Bjarne überzeugt, hoffte Linda. Vielleicht stimmte er aber auch nur zu, damit sie endlich Ruhe gab.

Am nächsten Tag gingen sie nach der Arbeit mit Milian zum Tierarzt. Sie gingen zu dem Arzt, wo sie schon öfter mal gewesen waren. Als Milian damals erst kurz bei ihnen war, hatten sich Linda und Bjarne gewundert, dass er sich immer kratzen musste. Sie waren mit ihm zum Tierarzt gefahren. Dieser hatte dann Flöhe bei ihm festgestellt. Sie mussten daraufhin in der gesamten Wohnung Flohspray versprühen. Das war nicht so schön gewesen. Und das war auch gar nicht gesund gewesen. Weder für die Zweibeiner noch für den Vierpfotigen. Aber sie hatten die Flöhe beseitigt und besiegt.

Nun saßen die drei also wieder im Wartezimmer, zusammen mit ein paar anderen Tieren.

Eigentlich sollte man als Tierbesitzer ja alle Tiere mögen. Aber manche Tiere benahmen sich echt sehr unschön beim Tierarzt. Wenn Linda darüber genau nachdachte, war diese Aussage auch irgendwie nicht richtig. Es waren ja immer die Tierbesitzer, die ihren Tieren, insbesondere Hunden, oft keinerlei Erziehung hatten zukommen lassen.

In diesem Fall war es ein junger Mann mit einem Hund, den man sicherlich der Kategorie Kampfhund zuordnen konnte. Dieser Mann ließ seinen Hund an einer unendlich langen Leine durch die Praxis laufen. Auf die Idee, dass andere Tiere und Menschen Angst haben könnten, kam dieser Typ ja nicht. Der schien so gar kein Verständnis für andere Tiere zu haben, die sich alle in der Ausnahmesituation des Tierarztbesuchs befanden.

Im Wartezimmer saßen aber auch mehrere Katzenbesitzer mit ihren Tieren. Linda, Bjarne und Milian setzten sich zu diesen.

Von der anderen Seite quiekten zwei Meerschweinchen. Die beiden hatten sich den Abend sicherlich auch anders vorgestellt.

Linda hatte Milian in seiner Box auf ihren Beinen stehen. So ein wenig menschliche Wärme war bestimmt gut für seine Nerven. Linda beruhigte dieses enge Schoßverhältnis aber auch.

Nach einiger Zeit wurde Milian in seiner Box sehr unruhig. Linda redete sanft auf ihn ein, damit er sich beruhigte. Machte er aber leider nicht. Er schaute immer durch die Traljen seiner Box in eine bestimmte Richtung. Dort, wo er hinschaute, hatte sich vor fünf Minuten eine Patientenbesitzerin mit einer Katze hingesetzt. Linda guckte nun auch in diese Richtung. Ja, die Katze sah wunderschön aus. Sie hatte langes graues Fell und war nicht so groß wie Milian. Linda stupste Bjarne an. Auch er sah die kleine graue Katze. Milian schien sich für dieses kleine Wesen zu interessieren.

Hatte sich Milian in die hübsche Katze verguckt? Kurz danach wurden die drei ins Sprechzimmer gerufen.

Der Arzt schaute sich Milians Lippe an. Er sagte, dass er so nichts sagen könnte. Er betäubte Milian kurz lokal. Menschen würden sagen, dass er den Pickel ausdrückte. Nach zwei Minuten war der Pickel weg. Milian verhielt sich die ganze Zeit ruhig. Er war echt ein Vorbildkater. Der Arzt sagte noch, dass sich Linda und Bjarne sofort melden sollten, wenn die Stelle wieder aufträte oder es Milian schlechter ginge. Er würde dann die Stelle großflächiger entfernen und die Probe ins Labor schicken. Die könnten dann feststellen, ob es was Ernstes wäre. Das machte ihnen ein wenig Angst. Andererseits war Milian so munter, der konnte nichts Schlimmes haben.

Der Pickel wuchs ziemlich schnell, fast beobachtbar. Bereits nach neun Wochen war er wieder so groß wie beim letzten Tierarztbesuch. Linda telefonierte mit dem Tierarzt und schilderte die Situation. Er sagte, dass es besser sei, wenn der Pickel nun operativ entfernt würde.

Eine Woche später war der Mini-Operationstermin. Linda brachte Milian morgens in die Praxis. Ein wenig mulmig war ihr schon. Aber der Milian würde das schon schaffen, sagte sie sich.

Der Tierarzt fragte noch, ob der Pickel auf Bösartigkeit untersucht werden sollte. Sie stimmte zu. Bei Tieren war das anders als bei Menschen. Da wurde nur auf Aufforderung oder Anweisung untersucht. Die Rechnung der Untersuchung erhielt natürlich der Patientenbesitzer.

Mittags holte Linda Milian wieder ab. Es sah so aus, als wartete er auf sie. Der Pickel war weg. Und Milian wollte weg. Nur weg aus dieser Praxis.

Eine gute Woche später war Silvester. Der Tierarzt hatte den Befund den beiden noch nicht mitgeteilt. O. k., über die Feiertage wurde auch in den Labors weniger gearbeitet. Gegen 14.00 Uhr klingelte das Telefon. Der Tierarzt war dran. Er teilte ihnen mit, dass der Befund positiv wäre. Was mit anderen Worten bedeutete, dass der Pickel bösartig war. Das Wort Pickel war jetzt auch nicht mehr richtig. Es war ein Tumor.

„Das glaube ich jetzt nicht. Wieso hat Milian einen Tumor?", fragte Linda Bjarne, der geschockt neben ihr stand.

„Er hat den Tumor doch entfernt. Vielleicht kommt der ja nicht wieder", versuchte Bjarne zu beruhigen.

„Warum sagt der Tierarzt das nur so sachlich? Hat der kein Gefühl oder Mitgefühl für seine Tiere?"

„Doch natürlich hat er das, Linda. Wenn er aber bei jeder schlechten Nachricht mit seinen Patientenbesitzern weinen würde, dann käme er wahrscheinlich aus dem Weinen nicht mehr heraus."

„Mag sein. Aber bei Milian hätte er schon ein wenig trauriger sein können."

Bjarne nahm Linda in den Arm und drückte sie an sich. Dann suchten sie Milian.

◆

Sie schauten Milian an.
Er war putzmunter.
Sie knuddelten ihn.
◆

Natürlich verband man mit dem Begriff der Bösartigkeit die schlimmsten Befürchtungen.

Linda und Bjarne machten sich Gedanken darüber, wie es Milian wohl in der nächsten

Zeit gesundheitlich gehen würde. Sie wünschten Milian, dass er weiter so aktiv und munter bliebe, wie er es bisher gewesen war. Dass Milian krank sein sollte, das konnten sie sich nicht vorstellen. Das wollten die beiden Fellbesitzer sich auch gar nicht vorstellen.

Milian schaute sie an und wollte sie aufmuntern. Die kleine Stelle am Maul war längst verheilt. Er konnte alles fressen, sogar die harten Leckerli.

Ob Milian merkte, dass seine Menschen sich Sorgen machten?

Der Pickel wuchs in der nächsten Zeit nicht weiter. Das beruhigte Linda und Bjarne dann doch. Und was genauso wichtig war, Milian ging es nicht schlecht. Es zeigten sich auch keine anderen Wucherungen oder ähnliche Veränderungen. Die drei hofften, dass es nur der eine Tumor am Maul gewesen war. Sie wollten jetzt einfach nur positiv denken.

18

Milian ist krank

Fünf Jahre später. Milian hatte in den letzten Jahren ganz entspannt bei seinen Menschen gelebt. Er wollte nie mehr auf die Terrasse, er wollte einfach nur ganz ruhig seine Tage verbringen. Im Urlaub war er die letzten Jahre immer bei Bjarnes Eltern gewesen.

Es war ein ganz normaler Novembertag. Bjarne hatte ab heute vier Tage Urlaub. Der Urlaub musste ja irgendwie genommen werden, sonst verfiel er zugunsten des Arbeitgebers. Das musste nun wirklich nicht sein.

Linda arbeitete zurzeit nicht, weil sie ihren alten Arbeitsplatz gekündigt und am neuen noch nicht begonnen hatte. Sie hatte kein Problem damit, mal ein paar Tage nicht zu arbeiten. Von anderen Kollegen hatte sie gehört, ihnen fiele bei so was die Decke auf den Kopf. Für Linda war das Wort Langeweile ein Fremdwort. Es gab doch so viel zu tun auf der Welt. Auch mal ehrenamtlich oder einfach mal so. Ein paar Tage nichts tun, war doch total schön und entspannend, besonders wenn man wusste, dass bald ein neuer Arbeitsplatz rief.

Sie schaute auf die Uhr. Es war sieben. Super, etwas länger als sonst hatten Linda und ihr Bjarne ja geschlafen. So richtig gut hatte sie aber nicht geschlafen. Sie hatte in der Nacht so eine Unruhe gefühlt und war deshalb ein paarmal aufgewacht.

Sie stand auf und ging ins Wohnzimmer, um Milian einen guten Morgen zu wünschen und ihn zu streicheln. Er schaute sie an. Er lag in seinem Körbchen vor der Heizung, eingekuschelt in seine Decke.

Bjarne war noch im Badezimmer und nahm die morgendlichen Restaurierungsarbeiten an sich vor. Das dauerte auch jeden Tag länger, dachte sich Linda.

Sie bereitete das Frühstück vor. Eine halbe Stunde später saßen sie am Frühstückstisch. Sie aßen Brot und Brötchen, das übliche Frühstück eben.

Linda und Bjarne wollten an diesem freien Tag etwas unternehmen und darüber unterhielten sie sich am Frühstückstisch. Nichts Großes, das stand schon mal fest. So ein wenig in der Landschaft herumfahren. Vielleicht ans Meer. Die beiden wohnten knapp eine Stunde Fahrtzeit vom Meer entfernt. Also gut und entspannt mit dem Auto machbar.

Oder vielleicht lieber doch nicht, da es ja regnen sollte. Auf alle Fälle wollten sie es sich die nächsten Tage so richtig schön gemütlich machen.

Milian war aufgestanden, wartete auf seine Leckerli. Er bekam sie und ging zum Frühstücken. Der Kater machte alles ganz langsam und vorsichtig.

Linda und Bjarne wollten heute Morgen aber erst ein wenig einkaufen gehen. So dies und das für die nächsten freien Tage. In ihrer Nähe gab es eine Anzahl von Discountern, Supermärkten und kleinen Geschäften.

„Tschüss Milian, wir kommen gleich wieder", sagte Linda, als sie die Wohnungstür schloss.

Wieder zu Hause angekommen sortierten sie die Einkäufe. Bjarne fing an, die Wohnung weihnachtlich zu dekorieren. Das Dekorieren zu Weihnachten und zu Ostern war sein großes Hobby. Linda konnte mit diesem Dekogetue nicht so viel anfangen. Irgendwo ein Weihnachtsmann auf dem Schrank, das reichte ihr wirklich aus.

Bjarne liebte es aber, Kitschlandschaften zu produzieren. Sollte er. Der arme Kerl hatte ja sonst keine Freude im Leben.

„Bjarne, warum fängst du denn jetzt mit dem Dekorieren an? Ich dachte, wir wollten an die Ostsee?", fragte Linda.

„Lass uns doch lieber hierbleiben. Ich meine, das Wetter ist nicht so gut und Milian, na, dem geht's doch auch nicht so richtig gut", antwortete Bjarne.

„Ist wahrscheinlich besser, hierzubleiben, da hast du wohl recht."

Milian lag im Wohnzimmer in seinem Körbchen. Er schlief und atmete schwer. Wenn Linda und Bjarne ihren Kater ansahen, fühlten sie sich beklommen. Der kleine Kater tat ihnen so leid.

Am frühen Nachmittag tranken sie Kaffee. Na, besser gesagt, sie tranken Tee und aßen Stollen. Und natürlich selbst gebackene Kekse.

Linda war fast fertig, da richtete sich Milian aus der Tiefschlafphase halb auf und begann zu röcheln. Sie sprang zu ihm, sprach ihn an, streichelte ihn und nahm ihn in den Arm. Ganz vorsichtig. Er beruhigte sich für diesen Moment ein wenig. Sie legte ihn wieder in sein warmes Körbchen. Linda setzte sich wieder an den Tisch zu Bjarne und trank den Tee weiter. Welche Sorte sie gerade trank und ob der Tee noch heiß war, das wusste sie nicht. Es lief alles wie in Trance ab.

„Ich glaube, dass es Milian wirklich nicht gut geht", sagte sie zu Bjarne.

Er schaute sie an und sagte nur: „Das denke ich auch."

„Ich habe richtig Angst um Milian. Es leidet doch bestimmt – oder, was meinst du?", fragte Linda, schon leicht weinend, ihren Bjarne.

Bjarne konnte nicht antworten. Linda glaubte, dass er auch schon innerlich weinte.

Bjarne dekorierte weiter. Für ihn war Dekorieren so was wie Yoga für andere Menschen. Es wirkte auf ihn total entspannend.

Linda beschäftigte sich mit Kleinigkeiten. Ihr Herz, ihre Augen und ihre Ohren waren immer bei Milian. Milian wurde an diesem Nachmittag ausgiebig von seinen Menschen gekuschelt. Natürlich ganz behutsam. Sie wollten ihm ja nicht wehtun. Sie genossen jeden Moment mit ihrer vierbeinigen Liebe. Sie hofften, dass er das merkte und dass es für ihn schön und angenehm war.

Mal lag er in seinem Körbchen. Mal schaffte er es, herauszukommen. Sein luftballondicker Bauch machte Linda und Bjarne fast hoffnungslos.

Milian bekam sein Futter. Linda und Bjarne aßen im Wohnzimmer zu Abend. Sie konnten so ihren Milian beobachten.

Wie gewohnt wollte Milian noch auf das Sofa. Nur heute war es viel später als sonst. Milian hatte die ganzen Jahre, die er bisher bei Linda und Bjarne gelebt hatte, eine innere Uhr. Er wusste, dass es abends um halb neun nochmals Leckerli gab. Milian hatte dann immer auf die Uhr am Videorekorder geschaut. Wenn seine Menschen mal ein, zwei Minuten zu spät gewesen waren mit der Leckerliausgabe, dann hatte er sich vor sie gestellt und miaut. Die Zweibeiner hatten dann gewusst, was sie unverzüglich zu erledigen hatten. Danach war er in der Regel auf das Sofa gesprungen und wollte kuscheln.

Und jetzt stand er einfach nicht aus seinem Körbchen auf. Auf Leckerli hatte er heute auch keinen Appetit mehr.

◆

Linda glaubte, dass er Schmerzen hatte.
Nein, sie wusste, dass er diese hatte.
Seine Augen erzählten ihr das.
Sein Blick war so traurig.
Ihr Herz weinte.

◆

Linda und Bjarne waren müde und wollten ins Bett. Milian mochte nicht aufstehen. Er lag auf dem Sofa und hatte sich an seinen Menschen-Papa Bjarne gekuschelt. Liebevoll nahm Linda ihn auf den Arm. Sie schmiegte sich an ihn und legte ihn in sein Körbchen. Er fühlte sich so anders an mit seinem dicken Bauch. Natürlich hätte Milian auch weiterhin auf dem Sofa liegen können, aber die Gefahr, dass er herunterfiele, war zu groß. Sie machten das Licht im Wohnzimmer aus und sagten Gute Nacht zu Milian und bis morgen.

Die beiden lagen im Bett und sprachen noch über Milian und sein Problem, Luft zu bekommen. Auch der große runde Bauch machte ihnen Angst. Sie wollten morgen nochmals zum Tierarzt gehen. Dazu hatten sie sich nun entschieden. Sie mussten und wollten ja alles versuchen. Hoffnung hatten sie beide kaum. Das sagten sie sich zu diesem Zeitpunkt aber nicht.

Linda und Bjarne waren vor ein paar Monaten schon mal mit Milian beim Tierarzt gewesen, weil er so schwer Luft bekam. Der Tierarzt hatte ihm damals eine Spritze gegeben und gesagt, dass Milian ja nun schon achtzehn Jahre alt sei und dass es in diesem Alter ganz normal sei mit der Luft und so. Sie sollten das im Auge behalten und damit rechnen, dass es wohl nicht mehr besser würde. In den letzten Tagen war es immer schlechter mit Milians Gesundheitszustand geworden.

Bjarne schlief bald ein. Linda nicht. Sie lag auch diese Nacht wieder wach. Sie hatte Tränen in den Augen und bekam immer stärkere Bauchschmerzen. Sie wälzte sich von links nach rechts, setzte sich wieder hin. Nichts half, sie wurde nicht ruhiger. Irgendwann musste sie dann doch eingeschlafen sein. Aber nur kurz. Ein lautes Geräusch kam aus dem Bad. Sie erschrak. Einen Augenblick später ging sie in das Bad. Milian hatte bei seinem Katzenklobesuch dieses total verschoben. Linda stellte es wieder hin und ging zurück ins Bett. Vorher schaute sie allerdings noch nach Milian. Er hatte sich wieder in sein Körbchen gelegt. Er schaute sie an. Er war müde. Müdigkeit bekam jetzt eine andere Dimension.

Linda war so stolz auf ihren Milian. Trotz seines dicken Bauches war er aufgestanden und ins Badezimmer auf sein Katzenklo gegangen. Er war eben immer noch der Gentlemankater.

Am Morgen wachten sie auf. Linda musste doch noch mal eingenickt sein. Einmal strecken, einmal kuscheln und dann aufstehen. Bjarne hatte von dem nächtlichen Vorfall nichts gehört. Er schaute Linda völlig entgeistert an, als sie ihm davon erzählte.

Essen mochte sie an diesem Morgen nichts. Diese Bauchschmerzen, diese Tränen, die es noch nicht schafften, aus ihren Augen zu laufen.

Milian lag in seinem Körbchen. Er lebte! Linda und Bjarne hatten Angst, er bekäme durch sein Röcheln so schwer Luft, dass er … Aber er lebte!

Linda brachte ein paar Leckerli zu Milian. Die Sorte, der er so gern mochte. Er schaute sie an, aber er fraß diese Leckerli nicht. Das machte ihn bestimmt sehr traurig.

◆

Ob er merkte, dass er krank war?
Ob er merkte, wie sehr seine Menschen
mit ihm litten?
Ob er es mochte,
wenn sie ihn streichelten?

◆

Sie wollten doch nur das Beste für Milian.

19

Ab zum Tierarzt

Der Tierarzt öffnete um 10.00 Uhr seine Praxis. Aus Erfahrung wusste Linda, dass man ruhig schon um 9.45 Uhr da sein konnte. Sie wollten ja nicht warten.

Bjarne holte Milians Transportreisebox aus dem Keller. Er durfte diese vorher nicht sehen. Sie machte ihn immer nur unruhig und ängstlich. Jetzt, wo er schon ein paarmal mit dieser Box zum Tierarzt gebracht worden war, hatte sich sein positives Verhältnis zu dieser Plastikkiste radikal verändert. Leider. Denn was früher einfach und stressfrei ging, war nun für alle mit viel nervlichem Einsatz verbunden.

Linda nahm also ihren vierbeinigen Liebling um 9.35 Uhr aus seinem Körbchen. Er schaute sie an. Ihr Herz zerriss. Sie sagte zu ihm, dass er jetzt mit seinen Menschen einen kleinen Ausflug machen würde. Und dass er nachher wieder in sein Körbchen käme, das hoffte sie doch. Dadurch, dass Milian so geschwächt war, ging es leicht, ihn in die Box zu legen. Linda ging rückwärts zu der Box, sodass er sie gar nicht sah, und legte ihn dann ganz sanft in seine Box. Er meckerte nicht einmal. Ihm ging es wohl richtig schlecht. Sie hätte heulen können. Sie heulte.

Die drei gingen zu ihrem Auto und fuhren los. Linda versuchte dabei, den Gedanken zu verdrängen, dass Milian nicht wieder lebendig zu ihnen zurückkäme. Der Tierarzt hatte ihnen beim letzten Besuch schon die Prozedur der Einschläferung erklärt. Da war das alles aber noch so weit weg gewesen. Und jetzt? Sie mochte nicht darüber nachdenken. Sie konnte sich aber auch nicht ablenken. O. k., die Hoffnung starb zum Schluss. Aber Milian sah so traurig aus.

Linda war nun total durcheinander. Und Auto fahren dürfte sie in diesem Zustand normalerweise auch nicht. In diesem Zustand gefährdete sie gerade alle anderen Verkehrsteilnehmer.

Kurz danach waren sie bei ihrem Tierarzt. Es war zehn Minuten vor 10.00 Uhr. Er kam auch gerade, sah sie im Auto sitzen, begrüßte sie und nahm Linda, Bjarne und Milian gleich mit in die Praxis.

„Milian, wir schaffen das schon. Wir schaffen alles. Wir sind doch ein Traumpaar", sagte Linda im Auto zu ihrem Kater, dabei zitterte ihre Stimme.

Im Behandlungszimmer war bereits ein Kater. Er sollte kastriert werden.

Linda, Bjarne und Milian nahmen im Wartezimmer Platz. Linda hielt Milian in seiner Box auf ihrem Schoß. Ihr war so schlecht, dass sie auf die Toilette musste. Diese Bauchschmerzen, die Übelkeit und dieser Tränenfluss hörten einfach nicht auf. Bjarne nahm in der Zeit Milian auf den Schoß.

Sie kam mit kraftlosen und wackeligen Beinen wieder ins Wartezimmer und stellte Milian wieder auf ihren Schoß.

Linda öffnete den Deckel seiner Box. Streichelte ihn. Das war das erste Mal, dass sie den Deckel beim Tierarzt öffnete. Milian schaute sie an. Sie weinte. Sie war völlig fertig. Es vergingen gefühlte Stunden, bis sie endlich in das Behandlungszimmer gerufen wurden. Linda schloss schnell den Deckel von Milians Box. Sie standen auf und machten sich auf den Weg in das Behandlungszimmer.

Linda stellte die Box auf den Behandlungstisch und holte Milian heraus. Ganz vorsichtig. Er sah sie so traurig an. Bjarne nahm sie in den Arm. Bjarne nahm Milian und Linda in den Arm.

Sie liebten diesen Kater.

„Setzen Sie ihn bitte auf den Tisch", sagte der Tierarzt ganz sanft.

„Ja, natürlich, das mache ich", sagte Linda darauf.

Milian saß oder besser lag jetzt auf dem Behandlungstisch.

Der Tierarzt schaute ihn besorgt an. Er tastete ihn ab. Horchte ihn ab und schaute ihm in die Augen. Er maß die Temperatur. Milian hatte Untertemperatur.

Der Tierarzt hängte das Stethoskop wieder weg, sein Blick sagte alles. Der Kloß in Lindas Hals wurde immer größer. Ihr wurde übel. Bjarne stand völlig regungslos neben ihr.

Der Tierarzt sprach mit ihnen über Milians Verhalten und streichelte, ebenso wie die Tierpflegerin, Milian. Linda hielt Milians Pfote und streichelte ihn unter dem Kinn. Das hatte er doch so gern.

„Milian atmet so schwer, er scheint sich sehr zu quälen", sagte Bjarne ganz leise zum Tierarzt.

„Bei Ihrem Kater funktioniert die Atmung nur noch sehr wenig", entgegnete der Tierarzt.

„Eine Möglichkeit wäre das Punktieren der Lunge", sagte der Tierarzt, „das ist jedoch eher Quälerei für den Kater und hält nur ein bis zwei Tage. Danach ist die Lunge wieder mit Flüssigkeit gefüllt."

Linda begann, innerlich zu zittern. Sie merkte, wie ihre Knie schlotterten. Sie hatte morgens noch die Hoffnung auf ein Wundermittel, das Milian wieder gesund machen würde, gehabt. Die Aussage des Tierarztes riss sie gerade aus diesem Traum. Sie konnte nichts mehr sagen. Bjarne auch nicht. Schweigen.

„Wollen wir ihn erlösen?", fragte der Tierarzt.

„Jetzt?", schrie Linda fragend.

Sie rannte aus dem Behandlungsraum. Bjarne blieb bei Milian.

Das Wartezimmer war leer. Sie weinte laut. Konnte ihre unendliche Trauer nicht zurückhalten. Sie wusste nicht, wie lange sie im Wartezimmer war. Linda ging wie in Trance oder in einem schlechten Traum zurück in das Behandlungszimmer. Milian hatte schon die Narkose bekommen.

„Möchten Sie Ihren Kater nochmals auf den Arm nehmen?", fragte die Tierarzthelferin.

„Ja", sagte Linda mit leerer Stimme.

Sie nahm ihn auf den Arm.

„Passen Sie auf, Milian könnte erbrechen", warnte sie der Tierarzt.

„Macht nichts", sagte sie und zog ihre Jacke aus. Bjarne half ihr dabei.

Langsam merkte Linda, wie das Narkosemittel wirkte. Milian wurde schlaff. Die Pflegerin half ihr, Milian wieder auf den Behandlungstisch zu legen. Er streckte nochmals seine kleine rosa Zunge raus.

Der Tierarzt holte den Rasierer und rasierte das Fell an Milians Vorderpfote weg. Seine Pfote wurde abgebunden und der Tierarzt zog eine Spritze auf. Er gab Milian die Spritze. Linda drehte sich zu Bjarne um, der wie angewurzelt neben ihr stand. Der Tierarzt horchte Milian ab. Sein Herz schlug nicht mehr.

◆

Ihre Herzen schlugen.
Aber sie weinten.
Sie weinten wie nie zuvor.
Vergessen würden sie das nie!

◆

Linda beugte sich über Milian und sagte tränenüberströmt, dass sie ihn so lieb hätte. Sie nahm ihn auf den Arm. Er sah so aus wie immer.

„Wollen Sie Ihren Milian mitnehmen?", fragte der Tierarzt Linda und Bjarne.

„Ja, natürlich", lautete ihre Antwort, die sie nahezu gleichzeitig gaben.

Linda drückte Milian nochmals ganz dicht an sich und legte ihn dann in sein Handtuch. Mit dem Handtuch legte sie ihn in seine Box.

Bjarne bezahlte und sie gingen zum Auto. Selbst der Tod war ein Geschäft, dachte Linda. Natürlich musste der Tierarzt sein Geld verdienen. Aber warum war das mit so viel Leid für sie verbunden?

Der Tod mal ganz sachlich. Linda wusste, dass ihre Gedanken gerade durcheinandergingen. Sie wusste, dass sie gerade sehr ungerecht über den Tierarzt dachte. Sie hoffte, dass keiner ihr das am Gesichtsausdruck ansah. Bisher war der Tierarzt ja immer sehr liebevoll gewesen.

Sie stellten Milian in seiner Box in ihr Auto. Alles wie in Trance. Milians Menschen fühlten sich leer. Im Auto bekam Linda einen Weinkrampf. Mal wieder. Es dauerte Minuten, bis sie vom Parkplatz fuhren. Aber irgendwann fuhren sie nach Hause.

Zu Hause angekommen brachten die traurigen Zweibeiner Milian mit seiner Box in ihre Wohnung. Linda stellte ihn in das Wohnzimmer. Kniete sich neben ihn und fing an zu weinen. Bjarne, der sich noch kurz seine Jacke ausgezogen hatte, schaute sie beide an. Sein Blick war traurig und leer. Diesen Ausdruck auf seinem Gesicht kannte Linda nicht. Kurz darauf wurden seine Augen glasig. Er begann zu weinen. Einige Zeit verging, vielleicht Minuten. In dieser Zeit streichelte Linda Milian immer wieder. Er lag so lieb da, der tollste Tiger der Welt, als schliefe er nur.

20

Und jetzt?

Es war schon ein merkwürdiges Gefühl, das Linda und Bjarne spürten nach diesem Tierarztbesuch. Es war ihnen natürlich bewusst gewesen, dass Milian nicht ewig leben würde. Aber so richtig beschäftigt hatten sie sich mit dem Tod von Milian nun auch wiederum nie. Der Alltag hatte ihnen immer andere Herausforderungen mit Milian gestellt, da war keine Zeit, darüber nachzudenken, wie es mal sein würde, wenn er nicht mehr da wäre.

Was ihnen aber immer klar war, theoretisch zumindest, war, dass Milian mal auf den Tierfriedhof käme. Doch nun musste diese klare Theorie, auch in tiefster Trauer, in die Praxis umgesetzt werden. Das war schwer.

Sie schauten ins Internet. Es schaute eigentlich nur Bjarne ins Internet. Er rief von seinem Arbeitszimmer bei einem Tierfriedhof an. Dieser lag nicht weit von ihnen entfernt. Mitten zwischen Wiesen und Wäldern. Bjarne erfuhr die Preise und sollte in den nächsten zwanzig Minuten vom Friedhofsverwalter zurückgerufen werden.

Bjarne nahm seine Linda ganz fest in den Arm. Sie sprachen nicht. Zusammen gingen sie zurück ins Wohnzimmer. Die Tränen flossen nur so aus ihnen heraus, als sie Milian in seiner geöffneten Box auf dem Teppich stehen sahen.

Linda streichelte ihren Milian und fing an zu singen. Ihr Lieblingslied aus Kindertagen war „Lalelu". Ihre Mutter hatte ihr das früher immer vorgesungen, wenn sie nicht schlafen konnte. Früher hatte sie dieses Lied immer total beruhigt. Und genau dieses Lied aus ihrer Kindheit stimmte Linda jetzt an, um sich zu beruhigen. Unter Tränen und völlig apathisch sang sie leise. Dabei streichelte sie die ganze Zeit ihren Milian. Sie fühlte eine große Dankbarkeit, dass dieser Kater die ganzen Jahre bei ihr, bei ihnen, gewesen war. Dieses Gefühl hatte sie bis dahin nicht gekannt. Milian war zwar immer da gewesen, aber solche tiefen Gefühle hatten bisher in ihrem Alltag keinen Raum gehabt.

Ein paar Minuten später erhielten sie einen Anruf vom Friedhofsverwalter. Er fragte unter anderem, ob der Kater so in die Erde sollte oder in einer Holzkiste. Ohne Kiste würde die Erde auf ihn prasseln, sagte der Friedhofsverwalter. Hörte sich alles makaber an, aber das war sein Job.

Die Trauernden entschlossen sich. Milian sollte ein Einzelgrab bekommen und er würde in eine Holzkiste gelegt. Die Beerdigung sollte noch am gleichen Tag stattfinden.

Linda, Bjarne und Milian fuhren zum Friedhof. Der Verwalter empfing sie sehr freundlich, oder besser gesagt, der Situation angemessen. Dieses Taktgefühl hätten sie nicht einmal im Ansatz erwartet. Sie waren in ihrer Trauer positiv überrascht. Er versprühte so eine Wohlfühlatmosphäre, wenn man das unter dieser Bedingung sagen konnte.

Linda und Bjarne gingen mit dem Verwalter über den Friedhof. Da wegen der kalten Temperaturen schon einige Gräber ausgehoben waren, durften sie sich eines aussuchen. Sie entschieden sich für einen Platz weit weg von der Straße. So wie Milian es am liebsten mochte – ganz in Ruhe. Neben ihm befanden sich eine schöne Wiese und große Bäume. Es sah so ein wenig aus wie früher, als sie das große Tier zum ersten Mal gesehen hatten.

Zurück in der Verwaltung des Friedhofes gingen die beiden mit dem Verwalter in den Keller des Hauses, dort sollte Milian in seine Holzkiste gelegt werden. Der Verwalter bat sie, den Kater aus dem Auto zu holen.

Linda ging zum Auto. Ihre Beine zitterten. Sie fror. Das Frieren kam nicht allein von den Temperaturen. Es kam auch von ihrer Trauer. Ihre Kehle schnürte sich zusammen. Sie hatte das Gefühl zu ersticken. Am Auto angekommen, öffnete sie nochmals die Transportbox von Milian. Sie knuddelte ihn noch einmal. Sie hätte nie gedacht, dass sie jemals ein totes Tier so anfassen würde. Sie empfand keine Angst oder Ekel oder sonst ein negatives Gefühl. Milian war ihr in den letzten Jahren so ans Herz gewachsen. Unbeschreiblich. Und nun stand sie da, auf dem Friedhof, und musste ihn begraben. Nein, von Müssen konnte nicht die Rede sein. Sie durfte ihn begraben. Sie schloss die Box, in der Milian lag. Sie ging in den Keller. Dabei drückte sie die Box mit Milian ganz dicht an sich.

Der Verwalter nahm ihr die Box ab, stellte sie auf den Boden, nahm Milian heraus und legte ihren süßen Kater in die Holzkiste. Er machte das mit so viel Liebe und Taktgefühl. Das hatten sie nicht erwartet. Das tat gut. Schön, dass es solche Menschen gab.

Die vier gingen jetzt zu Milians Grab. Ein sehr schwerer Gang. Vieles ging Linda durch ihren leeren Kopf. Sie schaute nach unten. Ihre Beine waren noch da. Sie spürte sie aber nicht.

Am Grab angekommen öffnete der Verwalter nochmals den Deckel. Linda beugte sich zu Milian runter, berührte sein kleines Gesicht. Bjarne streichelte Milian ebenfalls. Das hätte sie gar nicht von Bjarne gedacht. Dann schloss der Verwalter den Deckel und legte Milian in sein Grab.

Linda schmiegte sich an Bjarne. Traurig und fassungslos standen sie da. Sie warf ihre roten Rosen, die sie noch kurz vorher gekauft hatte, auf Milians Holzkiste. Bjarne warf seine Rosen ebenfalls auf die Holzkiste. Dann schüttete der Verwalter das Grab mit Erde zu. Der Verwalter verließ das Grab und ließ Milian mit seinen Menschen allein. Er machte das alles sehr diskret und angenehm.

„Milian, ich habe dich so lieb. Ich habe dich turbo lieb. Milian, ich vermisse dich jetzt schon", sagte Linda weinend.

„Ich auch. Ich habe dich auch ganz doll lieb, Milian", sagte der völlig fertige Bjarne. Er zeigte es jedoch nicht. Er wollte bestimmt für sie stark sein, dachte Linda. Musste er aber nicht. Sie sah doch, wie er litt – Männer durften weinen. Weinen tat manchmal gut. Nein, weinen tat immer gut. Weinen befreite!

Nach angemessener Zeit gingen sie zurück in die Verwaltung. Das war ein schönes Holzhaus, mitten auf dem Friedhof. Es lag auf einer kleinen Anhöhe, wenn man das in Norddeutschland so nennen konnte.

In dieser Verwaltung wohnte Tom. Ein schwarz-weißer Kater mit Trösterfunktion. Linda nahm ihn auch gleich auf den Arm. Er kuschelte sich an sie. Er wusste genau, was die Menschen brauchten, die sich in der Verwaltung, in seiner Verwaltung, aufhielten.

Linda und Bjarne wollten den Vertrag machen. Der Verwalter und Bjarne besprachen den Vertrag und Linda beschäftigte sich mit Tom. Oder beschäftigte er sich mit ihr? Tom lenkte Linda zumindest für ein paar Minuten von ihrer Trauer ab.

Linda setzte ihn auf seine Decke und setzte sich dann auch an den Tisch. Eine Minute später kam Tom zu ihr und setzte sich ebenfalls an den Tisch. Er nahm neben Linda Platz. Allerdings nicht lange, dann krabbelte er auf ihren Schoß. Er stupste sie an. Und weiter ging das Streicheln. Tom verstand seinen Job.

Nach ungefähr zwanzig Minuten waren sie, oder besser Bjarne, mit dem Verwaltungskram fertig. Sie verabschiedeten sich vom Friedhofsverwalter. Der Verwalter sagte, dass sie gern nochmals zum Grab gehen könnten. Milian sollte ja auch noch einen Stein bekommen. Darüber hatten der Verwalter und Bjarne auch gesprochen. Er hatte Bjarne auch die unterschiedlichen Steine gezeigt. Manche Steine waren wohl eher für verwöhnte Schoßhündchen gedacht als für einen echten Kater. Sie sollten sich mal überlegen, welchen Grabstein sie haben möchten. Bjarne war überrascht über die Souveränität, mit der der Verwalter sie bei diesem schweren Gang begleitete.

Linda und Bjarne gingen nochmals zu Milians Grab. Wie sich das jetzt anhörte. Vor ein paar Stunden waren sie noch zu Milians Körbchen gegangen.

Die beiden verharrten vielleicht zehn bis fünfzehn Minuten am Grab.

◆

Sie weinten.
Sie weinten laut.
Es tat so unheimlich weh.
Sie konnten ihren Milian nicht mehr
sehen, nicht mehr anfassen,
keine Leckerli verteilen.
Sie waren wie gelähmt.
Sie waren verwaiste
Katermenscheneltern.

◆

Und Linda hatte morgens noch sehr auf ein ganz kleines Wunder gehofft. Und jetzt hatten sie Milian beerdigt. Es ging alles so schnell. Ging es vielleicht zu schnell?, fragte sich Linda.

„Bjarne, meinst du, wir hätten Milian noch eine Nacht zu Hause lassen sollen, um uns zu verabschieden?", fragte Linda leer und hilflos.

„Linda, Milian hat jetzt seine Ruhe. Und der liebe Tom, der passt jetzt auf ihn auf. Komm mal her, Süße", sagte Bjarne und nahm seine Linda ganz fest in den Arm.

„Ach, Bjarne", flüsterte Linda.

21

Wieder zu Hause

Sie waren wieder in ihrer Wohnung ange-kommen. Sie schlossen die Wohnungstür auf. Ganz vorsichtig, wie immer. Milian konnte ja dahinter stehen. Milian stand ab jetzt nicht mehr dahinter. Sie fielen sich in die Arme und fingen wieder an zu weinen. Wie viele Tränen konnte ein Mensch haben? Milian fehlte.

Der Nachmittag zu Hause bestand aus Trauer und Tränen, Leere und Einsamkeit.

Irgendwann gingen Linda und Bjarne dann zu Bett. Ihre Tränen beherrschten sie nicht mehr. Sie hatten ihren lieben Kater verloren. Bei Linda verstärkten sich mal wieder die Kopf- und Bauchschmerzen. Von Schlafen konnte auch in dieser Nacht bei ihr nicht die Rede sein. Bjarne schlief irgend-wann ein. War auch gut so.

Am nächsten Morgen wachte sie auf. Kopf- und Bauchschmerzen waren noch da. Super, sagte sie sich. Sie erwartete nach dem gestrigen Tag auch nichts anderes. Das war sie Milian auch schuldig, dachte sie sich.

Linda und Bjarne wussten, dass sie ihren Liebling nicht auf dem Flur treffen würden. Er war nicht mehr da.

Sie standen auf und gingen ins Wohnzimmer. Kein Milian zu sehen. Ja, es war wahr. Milian lebte nicht mehr. Wieder konnten sie ihre Tränen nicht stoppen.

Sie versuchten, zu frühstücken. Das Essen schmeckte nicht. Linda konnte nichts essen. Bjarne aß sein Brot völlig apathisch. Das war kein schöner Anblick.

Nach dem versuchten Frühstück gingen die verwaisten Katermenschen wie in Trance zum Wochenmarkt. Sie redeten kaum miteinander. Sie gingen gedankenversunken nebeneinander her.

Auf dem Markt herrschte reges Treiben. Die Welt drehte sich ja weiter, nur für sie war sie gestern stehen geblieben. Menschen gingen links und rechts an ihnen vorbei. Sie fühlten sich von allen Personen angestarrt. Klar sahen sie nicht glücklich und ausgeschlafen aus. Sie konnten sich auch nicht über das Wochenende freuen. Alles war doch plötzlich für sie so anders. Sie kauften ihre Lebensmittel ein und gingen nach Hause zurück.

Linda und Bjarne wollten ja heute noch zu ihrem Liebling. Ja, sie wollten heute zu Milian fahren. Wie sich das anhörte. Daran mussten sie sich wohl erst gewöhnen. Konnte man sich an Friedhofsbesuche gewöhnen?

Gegen Mittag machten sie sich auf den Weg. Unterwegs hielten sie noch bei einer Gärtnerei an. Bjarne ging schnell noch ein paar Tannenzweige zur Grababdeckung kaufen. Davon gab es jetzt reichlich. Es war ja schließlich November. Linda fragte sich, warum im Winter die Gräber mit Tanne abgedeckt wurden. Sie wusste, dass ihr Vater das auch früher bei seinem Vater gemacht hatte. Verstanden hatte sie das nie. Kann Erde frieren? Und wenn ja, wärmt Tanne? Linda glaubte, dass bei dieser Tradition nur die Gärtner verdienten. Der ganz normalen Erde auf dieser Welt war die Abdeckung mit Tanne doch wohl total egal.

Am Friedhof angekommen, gingen sie zu Milians Grab. Es war wieder ein langer Weg. Nicht in Metern, sondern gefühlt. Das Grab war mit Muttererde aufgefüllt worden, wie vom Friedhofsverwalter versprochen.

Da lag er nun, ihr Milian. Ihr großer Liebling. Ganz nah bei ihnen und doch so fern. Völlig motorisch deckten sie das Grab mit Tanne ab. Aber jetzt passierte es doch, die Tränen flossen wieder. Fünfzig Zentimeter trennten Linda, trennten Linda und Bjarne von Milian. Sie wussten, sie würden ihn wiedersehen, aber das würde wahrscheinlich noch Jahre dauern.

Von zu Hause hatte Linda noch Dekoartikel mitgenommen. Sie hing und legte sie auf die Tanne. Einen Engel, einen Stern, Glocken und Herzen.

Der Friedhofsverwalter kam auf sie zu. Er spendete ein wenig Trost und fragte sie, ob sie sich überlegt hätten, welchen Stein Milian haben sollte. Linda und Bjarne entschieden sich für einen rotbraunen Stein. So ungefähr fünfundzwanzig Zentimeter im Durchmesser. Der Verwalter sagte ihnen, dass der Name noch eingraviert würde und dass der Stein ungefähr in fünf Tagen fertig wäre. Er würde den Stein dann auch aufstellen. Sie waren traurig, aber auch schon gespannt, wie der Stein aussehen würde. Sie hofften, dass er so natürlich aussehen würde wie ihr Kater. Der Verwalter verabschiedete sich und sagte, dass sie sich jederzeit bei ihm melden könnten. Nur so zum Reden oder zu einem Kaffee. Der Mann war einmalig.

22

Der nächste Tag

Normalerweise schliefen Linda und Bjarne sonntags immer etwas länger als sonst. Die Straße und das Leben waren ruhiger. Doch dieser Sonntag war anders. Es war der erste Sonntag ohne Milian.

Sie standen als verwaiste Katereltern auf. Sie sprachen kaum ein Wort. Die Welt sah unter Tränen schon ziemlich glasig aus.

Linda musste was essen. Sie lief durch die Wohnung. Häufig ziellos, ja vielleicht sogar hilflos. Sie versuchte sich einzureden, dass Milian irgendwo schlief. Doch wenn sie ins Wohnzimmer ging, klaffte da diese Riesenlücke. Es schauten sie keine zwei Grünaugen an. Kein Fell, das sich um ihre Füße schmiegte. Wie gern würde sie jetzt von Milian so einen Pfotenhieb wie früher bekommen. Es kam aber kein Hieb von ihm. Milian war nicht da. Sein Platz war leer. Sein Körbchen hatten die Hinterbliebenen schon gestern in den Keller gebracht.

Die Pflanzen auf dem Fußboden hatten sie so gestellt, dass kein Platz mehr für sein Körbchen war.

Als Linda am Vormittag wieder das Wohnzimmer betrat, liefen ihre Tränen wie selten zuvor über ihr Gesicht. Bjarne kam und tröstete sie, besser gesagt, er versuchte es.

Wie sollte man jemanden trösten, wenn man selber trauerte?

Da standen nun zwei Erwachsene im Wohnzimmer, die um ihren geliebten Kater weinten.

◆

War das normal,
dass man so um ein Tier weinte?
Waren sie so vernarrt in Milian,
dass sie ihn jetzt nicht loslassen konnten?
Sie wussten ja, dass Milian schon
achtzehn Jahre alt war.
Sie wussten, dass er in der letzten Zeit
schon ein wenig kränklich war.
Theoretisch wussten sie so viel.
Aber praktisch fehlte es am
Verstehen dieser Tatsachen.

◆

Klar hatten Linda und Bjarne auch schon Familienmitglieder und Bekannte verloren. Nur die hatten zum Zeitpunkt ihres Todes nicht mit ihnen in einer Wohnung gewohnt. Sie wurden somit nicht täglich, sekündlich daran erinnert.

Linda und Bjarne waren schon immer gern spazieren gegangen. Diese Bewegung an frischer Luft half häufig, den Kopf freizubekommen. Gerade in dieser Zeit gingen sie viel spazieren. Für Linda war das zwar anstrengend, weil ihre Beine sich beim Gehen immer noch wie Gummi anfühlten. Es war so, als würde sie gleich zusammenklappen. Bjarne konnte zwar gehen, aber er hatte keine Lust zu reden.

Bei einem Spaziergang trafen sie eine Bekannte. Sie erzählten ihr von Milian. Und dass er ihnen fehlte. Linda sagte noch, dass es sich anfühlte, als hätte man ein Kind verloren. Die Bekannte sagte energisch, dass man das ja nun nicht vergleichen könne. Die beiden Trauernden waren schockiert von dieser kalten Aussage. Ein bisschen Mitgefühl, wenn auch ihretwegen nur gespielt, wäre hier wohl angemessener gewesen. Sie fanden schon, dass man das ein wenig vergleichen konnte. Aber das war ihre ganz persönliche Meinung.

Tiere wurden gern als vierpfotige Therapeuten eingesetzt. Gerade in Alten- und Pflegeheimen gehörten Hunde häufig zu den gern gesehenen Gästen. Wahrscheinlich spielte die Beziehung, die man zu seinem Tier oder auch generell zu Tieren hatte, hier mit hinein.

Später fuhren Linda und Bjarne zu Milian.

23

Zwei Tage danach

Linda hatte heute zwei Termine in der Innenstadt. Diese Termine hatte sie schon vor zwei Wochen vereinbart. Vor zwei Wochen war die Welt noch in Ordnung. Da war Milian noch da. Da hatten sie ihn noch nicht so leiden sehen müssen wie vor ein paar Tagen.

Linda und Bjarne fuhren zusammen zu den Terminen. Bjarne hatte ja noch frei. Zu Hause warten wollte er nicht. So ein wenig in der Stadt herumfahren, das lenke ihn ab, sagte er zu Linda.

Er hatte sich noch ein paar Tage mehr freigenommen. Die Überstunden mussten ja auch mal weg. Und Linda brauchte ihn jetzt mehr als die Arbeit. Die lief schon nicht weg. Bjarne hatte zumindest noch nicht davon gehört.

Ihre Fahrt führte sie an der Straße vorbei, wo Linda geboren worden war. Natürlich war sie zwischenzeitlich mal da gewesen. Aber im Zusammenhang mit Milian und dieser traurigen Zeit war das ein ganz besonderes Gefühl. Ein komisches Gefühl. Ein irgendwie beklemmendes Gefühl.

Auf dem Rückweg kamen sie an dem Ort vorbei, wo Linda zehn Jahre lang gelebt hatte. In dieser Gegend war sie zur Schule gegangen. Hier hatte sie ihre Kinderkrankheiten bekommen. Hier hatte sie ihren Eltern ab und zu mal eine nicht so gute Note erklären müssen.

Die beiden fuhren jetzt Lindas Schulweg ab. Einfach so, das hatte sich so ergeben. Da sie an ihrer Lieblingskonditorei aus Kindertagen vorbeikamen, holte sie sich schnell noch etwas Süßes. Hier hatte sie schon als Kind viele leckere Dinge gekauft oder besser gesagt, ihre Mutter hatte sie für sie gekauft.

Linda und Bjarne aßen den Kuchen und die Leckereien im Auto. So richtig schön das Auto vollkrümeln hatte auch mal was Befreiendes. Zudem tat Süßes der Seele gut. Und jetzt erst recht!

Es folgte eine Unterhaltung über das Zukünftige. Linda begann zwar bald in ihrem neuen Job. Aber wollte sie das wirklich weiterhin machen? Es war doch fast die gleiche Arbeit wie im alten Unternehmen. Gab es nicht sinnvollere Tätigkeiten? Vielleicht was mit Tieren? Das hörte sich so naiv an, wie bei vielen Mädchen, die nach der Schule was mit Tieren machen wollten. Super, nur leben konnte man davon sicher nicht. Das Ganze musste ein wenig professioneller aufgezogen werden. Aber wie?

Nach diesen vielen Überlegungen, die sie ausgesprochen oder auch unausgesprochen im Auto stehen ließen, stellten sie fest, dass der Kuchen ein Hochgenuss war. Linda sagte zu Bjarne, dass der Kuchen noch genauso lecker schmeckte wie damals. Bjarne schleckte sich die Finger ab. Das sah aus wie bei Milian, wenn er sich seine Pfötchen geputzt hatte.

Mit vollem Bauch und klebrigen Händen fuhren sie nach Hause. Sie fuhren in ihre fellfreie Wohnung. Obwohl – ganz fellfrei war sie nicht. Sie hatten noch nicht alle Ecken gesaugt. In den Ecken und auf der Sitzgarnitur im Wohnzimmer war bestimmt noch ein wenig Fell von Milian. Auch seine Kuscheldecke hatten sie noch nicht gewaschen.

Auf dem Rückweg hielten sie aber noch kurz bei einem Supermarkt an. Sie mussten ja noch was zum Abendessen kaufen. Auch hier gingen sie wieder wie gehirnlos und fremdgesteuert durch die Gänge. Schließlich kauften sie sich jeder eine Pizza zum Abendessen.

„Du Bjarne, jetzt, wo Milian nicht mehr da ist, da können wir ja mal wieder ins Konzert oder Theater gehen", sagte Linda zu Bjarne beim Essen.

„Ja, das sollten wir denn vielleicht mal machen", antwortete Bjarne.

Später saßen sie auf dem Sofa und schauten fern. Was es gab? Keine Ahnung.

Sie gingen schlafen.

24

Drei Tage danach

Nach nicht gut geschlafener Nacht standen sie rechtzeitig auf. Wach im Bett liegen war nicht die Art von Linda und Bjarne. Heute, das hatten sie sich vorgenommen, wollten sie ihre traurigen Seelen pflegen. Vielleicht mal shoppen gehen.

Sie entschlossen sich, in das benachbarte Einkaufzentrum zu gehen. Dieses Einkaufszentrum gehörte zu den größten und teuersten in der Gegend. Sie liefen schweigsam dorthin.

Im Einkaufszentrum fühlten sie sich wie Falschgeld. Die anderen Kunden liefen hektisch von links nach rechts. Es herrschte schon die jährliche vorweihnachtliche Hektik.

„Dass dieses Einkaufszentrum so ein Konsumtempel ist, ist mir noch nie aufgefallen", sagte Linda irgendwie entgeistert.

„Du, das war immer schon so. Wir haben es sonst nur nicht gemerkt. Wir waren da in einer anderen Stimmung als jetzt. Außerdem hast du auch schon oft an diesem Konsum, wie du es nennst, teilgenommen, Linda", versuchte Bjarne zu erklären.

„Mag sein", antwortete Linda, „aber das ist doch alles total oberflächlich. Hier gibt es ja nicht mal ein Geschäft für Tiere. Leinen oder so, meine ich. Du, Bjarne, für Milian können wir hier nichts kaufen."

„Linda, Milian schläft. Er braucht nichts aus diesem Shopping-Center", erklärte Bjarne.

„Duu, haaastt ja Reehecht", sagte sie weinend.

◆

Sie vermissten Milian.
Wer brauchte Weihnachten?
Wer brauchte Konsumtempel?
Sie brauchten nur Milian.

◆

Nachdem sie ein paar unwesentliche Dinge eingekauft hatten, gingen sie nach Hause. Sie machten sich etwas zu essen. Sie aßen zusammen im Wohnzimmer. Sie redeten nicht viel miteinander. Später schauten sie noch etwas im Fernsehen an. Irgendeine Liebesschnulze. Linda brauchte diese Heileweltfilme jetzt. Früher, vor vier Tagen, wäre sie bei solchen Kitschfilmen schreiend aus dem Zimmer gelaufen. Heute saß sie versunken auf dem Sofa.

Der Film war zu Ende. Sie gingen schlafen.

25

Vier und mehr Tage danach

Bjarne wollte heute wieder zur Arbeit gehen. Linda hatte Angst, allein in der Wohnung zu bleiben. Das war das erste Mal seit über zehn Jahren, dass sie den ganzen Tag allein in der Wohnung sein würde. Kein Lebewesen außer ihr würde in dieser Wohnung sein.

Wie sollte sie diesen Tag überstehen?

◆

Kein kleines Fellknäuel, das zu ihr kam.
Kein leises Schnurren.
Kein lautes Schnarchen.
Milian war körperlich nicht da.
Er schlief.
Woanders.

◆

Bjarne ging nach dem Frühstück aus dem Haus. Die Tür war zu. Nun war es so weit. Sie war allein. Ungefähr elf Stunden. Sie lief durch die Wohnung und machte lauter unwichtige Dinge.

Hörte sie da etwas im Badezimmer? Konnte nicht sein, Milian und Bjarne waren nicht da.

Mal wurde ihr heiß, dann wieder eiskalt. Fast plagte sie Schüttelfrost, dann fing sie wieder an zu weinen. Kurz danach fing sie an zu schwitzen.

◆

Klar, sie wusste, Milian war krank und
nicht mehr heilbar.
Sie wusste auch, dass er alt war.
Älter als viele andere Katzen.
All das wusste sie.
Nur die Umsetzung war immer noch so
schwer!

◆

Die nächsten Tage verliefen ähnlich.

Ganz langsam wurde ihr klar, dass Milian nicht mehr wiederkäme. Sie sortierte die Fotos von Milian. Und da gab es sehr viele. Sie kaufte sich Bilderrahmen zum Selbstanmalen. Ein einzigartiger Kater sollte auch einzigartige Bilderrahmen bekommen. Sie kaufte sich unterschiedliche Farben dazu. Damit konnte sie sich schon ein paar Stunden beschäftigen. Beim Anmalen der Bilderrahmen gingen ihr die vergangenen Jahre mit Milian, aber auch mit Bjarne durch den Kopf.

Was fingen sie jetzt mit der ganzen freien Zeit an? Sie dachte, dass sie vielleicht öfter mal wieder ins Konzert oder ins Theater gehen sollten. Aber hatte sie darüber nicht schon mit Bjarne gesprochen? Was hatte er dazu gesagt? Sie wusste es nicht mehr. Sie hatte das doch schon mit ihm besprochen?

Der Gedanke an eine neue Katze kam. Nicht dass Milian schon vergessen war. Nein, das passierte ihnen hoffentlich nie. Es war vielmehr der Gedanke, dass eine Katze oder ein Kater im Tierheim auf eine ähnliche Art leiden musste wie sie als verwaiste Katereltern. Lindas Herz als Tierschützerin war hier aktiver als das der Trauernden.

◆

Klar musste sie an sich denken.
Wieder einen klaren Kopf bekommen.
Aber sie musste auch helfen.
Wie hieß es so schön:
Geteiltes Leid war halbes Leid.
◆

Nachdem Linda sich lange überlegt hatte, ob sie ins Internet schauen sollte, machte sie es. Sie sagte dabei zu Milian, dass sie nur mal so gucken wollte und dass er das doch verstünde. Sie hoffte, dass Milian es verstehen würde. Milian wollte seine Menschen doch bestimmt nicht leiden sehen. Und Milian wollte bestimmt einer anderen Katze oder einem Kater ermöglichen, bei seinen Zweibeinern zu wohnen. Linda kam sich bei ihren Gedanken schon ein wenig komisch, vielleicht albern vor.

Sie hatte sich vorher noch nie mit den Katzen im Internet beschäftigt. Weder Bjarne noch sie hatten jemals ein Tierheim betreten. Über eine Suchmaschine im Internet geriet sie auf die Homepage des größten Tierheims dieser Stadt. Man könne gern mal vorbeikommen, stand da noch. Einfach mal so, zum Gucken.

Linda suchte weiter und fand ein zweites Tierheim. Nicht ganz so groß. Irgendwie familiärer. Dort konnte man nur zu bestimmten Zeiten die Tiere besuchen und anschauen. Auch o. k., dachte sie. War vielleicht auch besser. So hatten die Tiere mehr Ruhe. So ein Tierheimaufenthalt war ja eh schon eine Ausnahmesituation für ein Tier. Und wenn dann noch ständig nervige Zweibeiner da rumrannten, das wäre möglicherweise zu viel für die Tiere.

Linda nahm sich vor, am nächsten Tag die Tierheime zu besuchen. Nur mal so. Nein, sie wollte keine neue Katze haben oder kaufen. Eigentlich nicht. Sie konnte Milian nicht vergessen. Seine Augen schauten sie immer an. Sie hoffte, seine Blicke in den letzten Tagen sollten heißen, dass sie ihn erlösen sollten. Sie musste es einfach glauben, sonst hielt sie das nicht mehr durch. Wieder rief sie sich in ihr Gehirn, dass es keine Ret-

tung mehr für ihn gab. Ihre Trauerschmer-
zen wurden aber nicht weniger.

26

Besuche

Linda setzte sich an diesem Tag mittags in ihr Auto, irgendwie mechanisch, und fuhr los. Das Ziel waren die Tierheime. Sie wusste nicht, ob es richtig war, aber sie musste was machen.

Das größte Tierheim in dieser Stadt erreichte sie in der staufreien Mittagszeit in dreißig Minuten. Von draußen hörte sie schon das Hundegebell. Ein Elend. Sie musste stark sein.

Sie betrat das Tierheim und sagte am Empfang, dass sie sich Katzen ansehen möchte. Die Mitarbeiterin des Tierheims erklärte ihr den Weg. Sie ging zu den Vermittlungskatzen. Betrat den ersten Raum. Beim Öffnen der Tür schauten sie die Katzen aus ihren Boxen an. Dieser Blick, dieser Anblick blieb. Einige Katzen begrüßten sie. Andere waren scheu. An den Boxen hingen die „Lebensläufe" der Katzen.

Linda schaute sich die Tiere genau an. Kuschelte mit den Willigen durch das Gitter. Das tat gut. Dieses warme Fell. Diese Freude über den Besuch. Das tat aber auch weh. Katzen möchten sich doch bewegen und nicht auf einem Quadratmeter inklusive Katzenklo, Decke und Futter hausen. So wie dieser Raum sahen auch die anderen Räume aus. Am Ende des Ganges waren einige Katzen in einem eingezäunten Freigehege. Die Lebensläufe beschrieben die Katzen und ob sie Freigang wünschten. Es war keine Wohnungskatze dabei. Alle bräuchten angeblich Freigang.

Es war sicher besser für die Tiere hier im Tierheim, als auf der Straße zu verhungern. Es wäre allerdings noch viel besser, wenn sich ein paar herzliche Menschen fänden, die diese Tiere zu sich nähmen, dachte sich Linda.

Sie ging schockiert, betroffen und hilflos zurück zu ihrem Auto. Sie fuhr zum nächsten Tierheim.

Dort angekommen wurde sie freundlich empfangen. Die Katzen liefen frei in ihren Spielzimmern herum. Linda äußerte ihren Wunsch nach einer einzelnen Wohnungskatze. Nun wurde es auch hier schwierig. Ein alter Kater, fünfzehn Jahre, stand zur Wahl. Abgegeben wurde er, weil die Familie ein Baby erwartete.

Was waren das nur für herzlose Menschen? Linda kannte viele Eltern, die eine Katze und Kinder hatten. O. k., es gab auch Krankheiten und Allergien. Linda glaubte aber, dass die Zeit für Katzen in vielen Familien vorbei war, wenn ein Kind sich ankündigte. Tiere waren vor dem Gesetz eben nur eine Sache. Bei manchen Menschen scheinbar auch. Und eine Sache konnte man ganz schnell abgeben oder verlieren. Verlieren bedeutete, dass die Katzen ausgesetzt wurden. Angebunden an einen Pfahl oder in die Mülltonne geworfen. Linda hatte darüber schon oft in den Zeitungen gelesen. Sie hätte jedes Mal heulen können vor Wut.

Ein zweiter Tiger, neun Jahre alt, wurde ihr gezeigt. Dieser war stark übergewichtig, sehr traurig und hatte keine Lust, seine Höhle zu verlassen. Er war seit seiner Ankunft vor neun Tagen nicht aus seinem sicheren Versteck herausgekommen, so wurde ihr berichtet.

Linda unterhielt sich noch kurz mit den Katzenmüttern und fuhr dann nach Hause. Im Auto kreisten ihre Gedanken völlig durcheinander.

Ihre große Liebe war krank gewesen und lebte nicht mehr. Im ersten Tierheim waren nur Freigängerkatzen. Im zweiten Tierheim waren zwei Katzen, die in der Wohnung leben konnten. Der fünfzehnjährige Kater – sehr niedlich. Aber wie lange würde dieser noch leben? Noch mal diese Trauer hielten Bjarne und sie nicht aus. Und der andere Kater war viel zu dick. Hatte er vielleicht sogar schon gesundheitliche Probleme? Mussten sie für ihn spezielles Essen kochen? Wollten sie das und wollten sie überhaupt eine neue Katze? Und wenn ja, sollte es dann eine Katze oder ein Kater sein?

◆

War es nicht super, „frei" zu sein?
Aber was hieß „frei"?

◆

Als Bjarne am späten Nachmittag nach Hause kam, erzählte Linda ihm von ihrem Ausflug. Bjarne war ganz schockiert über ihre Ausführungen zu den Katzen in den Boxen. Bjarne zeigte sich nicht abgeneigt einer neuen Katze gegenüber.

Linda besprach das Thema mit Milian. Sie hoffte, er gäbe ihr einen Hinweis, wie sie reagieren sollte. Sie mochten nicht, dass er glaubte, sie hätten ihn vergessen. Sie liebten Milian für immer. Er war ihre große vierpfotige Liebe.

Linda schaute sich am nächsten Tag nochmals die Tierheime im Internet an. Die Gedanken kamen wieder hoch. Diese Bilder, so befürchtete sie, würde sie nie wieder aus dem Kopf herausbekommen.
Der Gedanke, dass diese Katzen möglicherweise ihr ganzes Leben in solchen Boxen verbrächten, war unerträglich.
Sie ging zu ihrem Computer und schaltete ihn ein. Linda wollte nochmals schauen, ob es noch andere Katzen gab. Privat oder über Tierheime. Sie erinnerte sich an Bjarnes Worte von gestern, der zu ihr gesagt hatte,

dass es besser wäre, Katzen nicht von privat zu kaufen. Er hätte dabei ein ungutes Gefühl.

Durch welchen Zufall auch immer gelangte Linda auf die Homepages eines Katzenvereins. Dort wurde eine Anzahl von Katzen vorgestellt. Alle mit Bild. Alle mit ihren Lebensläufen. Linda schaute sich die Bilder an und las die entsprechenden Texte. Was manche Tiere für Schicksale erlitten hatten, das war ja furchtbar. Plötzlich sah sie ein Bild von einer Katze, die sieben Jahre alt war. Sie sah so ein wenig aus wie Milian, dachte sich Linda und legte dabei den Kopf so schräg wie ein Hund vor dem Fleischertresen. Die Katze hieß Trine. Abgegeben wurde sie, weil ihre Menschen gestorben waren. Ja, das musste für die kleine Katze ja ganz unangenehm gewesen sein. Linda schaute sich diese Katze immer wieder an. Sie vergrößerte das Bild. Die kleine Trine war schon echt niedlich. Und sie wollte oder brauchte keinen Freigang. Sie suchte einfach nur liebe Menschen, mit denen sie kuscheln konnte und die sie lieb hatten. Die Anforderungen würden Bjarne und sie erfüllen, dachte sie.

Linda war ganz durcheinander und aufgeregt. Was sollte sie jetzt machen? Sie musste mit Bjarne sprechen und rief auf der Arbeit an.

„Mist, besetzt. Bjarne, leg auf!", rief sie in den Telefonhörer, gerade so, als könnte er das hören.

Sie versuchte es ein zweites Mal. Puh, jetzt nahm Bjarne den Hörer ab. Sie erzählte ihm von Trine und dass sie so süß wäre und neue Menschen suchte. Und dass sie doch eventuell wieder eine Katze haben wollten.

„Fahr doch hin und schau sie dir an", sagte Bjarne gespannt, beruhigend und aufgeregt zugleich.

Sie rief im Katzenverein an und fragte, ob die Bilder noch aktuell seien. Aus Erfahrung wusste sie, dass vieles im Internet schon nicht mehr neu war.

„Ich habe auf Ihrer Homepage ein Bild von Trine gesehen. Ist diese Katze noch bei Ihnen?", fragte Linda die nette Dame am anderen Ende der Leitung.

„Ja, natürlich. Sie können sie sich gern mal ansehen. Lassen Sie uns doch gleich einen Termin machen, wenn Sie mögen", sagte die Frau vom Katzenverein zu Linda.

Linda war ganz überrascht von so viel ehrlicher Freundlichkeit. Sie sprach einen Termin ab. Schon am nächsten Tag wollte sie sich Trine anschauen.

◆

Sie fragte Milian, was sie machen sollte.
Sie vermisste ihn doch so sehr.
Sollte Trine sein Ersatz werden?
Nein, Lebewesen waren doch
nicht zu ersetzen.
Alle Lebewesen waren einmalig!

◆

Ein wenig Unbehagen plagte sie doch, auch nach ihrem gedanklichen Gespräch mit Milian, ob das alles so richtig war.

Sie fuhr los. Der Weg war recht kurz. So ungefähr fünfzehn Minuten mit dem Auto. Sie wollte sich ja unbedingt den Katzenverein einmal ansehen. Im Auto dachte sie darüber nach, wie es dort wohl aussehen würde. Hoffentlich war der Verein ganz o. k. Sie wollte ja mehr Trine besuchen als den Verein. Sie erreichte das Haus des Katzenvereins. Sie klingelte. Ihr wurde von der sehr netten Eigentümerin dieses Hauses und des Katzenvereins geöffnet. Linda war ein wenig mulmig. War das alles richtig, was sie hier machte? Die nette Dame und Linda gingen zu dem Raum, wo sich Trine befinden sollte. Das ganze Haus war sehr gepflegt und sauber. Dieses fiel Linda sofort auf. Die nette Dame öffnete die Tür zu Trines Raum. Da war sie nun, die kleine Katze. In diesem Moment besuchte Linda Trine. Trine kuschelte gleich mit ihr. Die nette Dame vom

Katzenverein sagte, dass Trine sonst nicht mit jedem kuschelte. Sie wäre immer ein wenig distanziert.

Linda hatte das Gefühl, dass Trine nur auf sie gewartet hatte. Obwohl – Trine hatte es nicht schlecht in diesem Katzenverein. Sie hatte ein großes helles Zimmer mit Fenstern zum Garten. Sie konnte also Vögel und Mäuse beobachten. Im Verhältnis zu den Katzen im ersten Tierheim hatte sie es hier richtig gut.

Linda fuhr nach Hause. Ihre Gedanken waren bei Milian und bei Trine.

Als Bjarne abends kam, schwärmte Linda ihm von Trine vor. Bjarne bekam schon glänzende Augen. Linda wusste nicht, ob diese von ihren Schilderungen herrührten oder ob er gerade an Milian dachte.

Zwei Tage später wurde die Trine aus dem Internet ihre Trine.

„Milian, pass gut vom Katerhimmel auf Trine auf", sagte Linda leise vor sich hin, als Trine das erste Mal das Wohnzimmer betrat.

Dank

Mein Dank gilt allen, die mir halfen, dieses Buch zu verfassen.

Mein Dank gilt meiner Lektorin Ursula Wenke, die mich mit ihrer großen Erfahrung unterstützte.

Mein Dank gilt dem Verlag tredition, der es mir ermöglichte, MILIAN in überarbeiteter und erweiterter Auflage neu zu veröffentlichen.

Mein Dank gilt besonders meinem lieben Mann, der mich auch bei der Überarbeitung von MILIAN oft nur von hinten, am Computer sitzend, sah.

Mein Dank gilt auch meinem Computer, der seine Macken zu anderen Zeiten hatte. Meistens zumindest.

Mein ganz besonderer Dank gilt vier ganz lieben Menschen, die mich immer aus der Ferne beschützten und auch weiterhin beschützen werden.

Ihr seid immer bei mir!

www.tredition.de

Über tredition

Der tredition Verlag wurde 2006 in Hamburg gegründet. Seitdem hat tredition Hunderte von Büchern veröffentlicht. Autoren können in wenigen leichten Schritten print-Books, e-Books und audio-Books publizieren. Der Verlag hat das Ziel, die beste und fairste Veröffentlichungsmöglichkeit für Autoren zu bieten.

tredition wurde mit der Erkenntnis gegründet, dass nur etwa jedes 200. bei Verlagen eingereichte Manuskript veröffentlicht wird. Dabei hat jedes Buch seinen Markt, also seine Leser. tredition sorgt dafür, dass für jedes Buch die Leserschaft auch erreicht wird

Autoren können das einzigartige Literatur-Netzwerk von tredition nutzen. Hier bieten zahlreiche Literatur-Partner (das sind Lektoren, Übersetzer, Hörbuchsprecher und Illustratoren) ihre Dienstleistung an, um Manuskripte zu verbessern oder die Vielfalt zu erhöhen. Autoren vereinbaren unabhängig von tredition mit Literatur-Partnern die Konditionen ihrer Zusammenarbeit und können gemeinsam am Erfolg des Buches partizipieren.

Das gesamte Verlagsprogramm von tredition ist bei allen stationären Buchhandlungen und Online-Buchhändlern wie z. B. Amazon erhältlich. e-Books stehen bei den führenden Online-Portalen (z. B. iBookstore von Apple) zum Verkauf.

Seit 2009 bietet tredition sein Verlagskonzept auch als sogenanntes "White-Label" an. Das bedeutet, dass andere Personen oder Institutionen risikofrei und unkompliziert selbst zum Herausgeber von Büchern und Buchreihen unter eigener Marke werden können.

Mittlerweile zählen zahlreiche renommierte Unternehmen, Zeitschriften-, Zeitungs- und Buchverlage, Universitäten, Forschungseinrichtungen, Unternehmensberatungen zu den Kunden von tredition. Unter www.tredition-corporate.de bietet tredition vielfältige weitere Verlagsleistungen speziell für Geschäftskunden an.

tredition wurde mit mehreren Innovationspreisen ausgezeichnet, u. a. Webfuture Award und Innovationspreis der Buch-Digitale.

tredition ist Mitglied im Börsenverein des Deutschen Buchhandels.

FSC
www.fsc.org

MIX

Papier | Fördert
gute Waldnutzung

FSC® C083411

Zeitfracht Medien GmbH
Ferdinand-Jühlke-Straße 7
99095 Erfurt, Deutschland
produktsicherheit@kolibri360.de